名家名著经典作品选集

徐志摩

诗歌 散文

徐志摩◎著
张志伟◎主编

黑龙江美术出版社·哈尔滨

图书在版编目（CIP）数据

徐志摩诗歌 散文 / 徐志摩著. -- 哈尔滨：黑龙江美术出版社，2025.2
（名家名著经典作品选集 / 张志伟主编）
ISBN 978-7-5755-0139-2

Ⅰ.①徐… Ⅱ.①徐… Ⅲ.①诗集—中国—现代②散文集—中国—现代 Ⅳ.①I216.2

中国国家版本馆CIP数据核字（2024）第042739号

MINGJIA MINGZHU JINGDIAN ZUOPIN XUANJI XU ZHIMO SHIGE SANWEN

名家名著经典作品选集　徐志摩诗歌　散文

出 品 人：乔　靓
　　　著：徐志摩
主　　编：张志伟
责任编辑：颜云飞
责任校对：于　澜
出版发行：黑龙江美术出版社
地　　址：哈尔滨市道里区安定街225号
邮政编码：150016
发行电话：0451-84270524
经　　销：全国新华书店
印　　刷：三河市同力彩印有限公司
开　　本：710mm×1000mm　　1/16
印　　张：12
版　　次：2025年2月第1版
印　　次：2025年2月第1次印刷
书　　号：ISBN 978-7-5755-0139-2
定　　价：60.00元

本书如发现印装质量问题，请直接与印刷厂联系调换。

徐志摩简介

徐志摩（1897—1931年），现代诗人、散文家，原名章垿，曾用笔名南湖、云中鹤等，为浙江海宁硖石人。

1915年徐志摩毕业于杭州一中，先后就读于上海沪江大学、天津北洋大学和北京大学。1918年赴美国学习银行学。1921年赴英国留学，入伦敦剑桥大学当特别生，研究政治经济学。在剑桥两年深受西方文化的熏陶及欧美浪漫主义和唯美派诗人的影响。1921年开始创作新诗。1922年返国后在报刊上发表大量诗文。1923年，参与发起成立新月社，加入文学研究会。1924年与胡适、陈西滢等创办《现代评论》周刊，任北京大学教授，这一年印度大诗人泰戈尔访华时任翻译。1925年赴欧洲游历苏、德、意、法等国。1926年在北京主编《晨报》副刊《诗镌》，与闻一多、朱湘等人开展新诗格律化运动，影响到新诗艺术的发展。同年移居上海，任光华大学、大夏大学和南京中央大学教授。1927年参加创办新月书店。次年《新月》月刊创刊后任主编，并出国游历英、美、日、印诸国。1930年任中华文化基金委员会委员，被选为英国诗社社员，同年冬到北京大学与北京女子大学任教。1931年初，与陈梦家、方玮德创办《诗刊》季刊，被推选为笔会中国分会理事。同年11月19日，由南京乘飞机去北平，因遇雾在济南附近触山，机坠身亡。

在他短暂的创作生涯中，著有诗集《志摩的诗》《翡冷翠的一夜》《猛虎集》《云游》；散文集《落叶》《巴黎的鳞爪》《自剖》《秋》；小说散文集《轮盘》；戏剧《卞昆冈》（与陆小曼合写）；日记《爱眉小札》《志摩日记》；译著《曼殊斐儿小说集》等。他的作品已编为《徐志摩文集》出版。徐诗字句清新，韵律谐和，比喻新奇，想象丰富，意境优美，神思飘逸，富于变化，并追求艺术形式的整饬、华美，具有鲜明的艺术个性，为新月派的代表诗人。他的散文也自成一格，取得了不亚于诗歌的成就，其中《自剖》《想飞》《我所知道的康桥》《翡冷翠山居闲话》等都是传世的名篇。

目 录
Contents >>>

诗 歌

雪花的快乐 ·· 2

落叶小唱 ·· 3

这是一个懦怯的世界 ······························ 4

去罢 ·· 5

为要寻一个明星 ··································· 5

不再是我的乖乖 ··································· 6

多谢天！我的心又一度的跳荡 ··············· 7

我有一个恋爱 ······································ 9

月下雷峰影片 ······································ 10

沪杭车中 ·· 10

乡村里的音籁 ······································ 11

她是睡着了 ··· 12

天国的消息 ··· 13

五老峰 ··· 14

朝雾里的小草花 ··································· 15

在那山道旁 ··· 16

石虎胡同七号 ······································ 16

先生！先生！ ······································ 17

叫化活该 ·· 18

盖上几张油纸 ······································ 19

太平景象 ·· 21

恋爱到底是什么一回事	22
沙扬娜拉（第十八首）	23
一小幅的穷乐图	23
青年曲	24
一个祈祷	25
康桥再会吧	25
翡冷翠的一夜	29
偶然	32
珊瑚	32
丁当——清新	33
我来到扬子江边买一把莲蓬	33
半夜深巷琵琶	34
决断	35
起造一座墙	36
望月	37
大帅	37
人变兽	39
梅雪争春	39
这年头活着不易	40
西伯利亚	41
海韵	42
苏苏	44
春的投生	44
拜献	45
渺小	46
阔的海	46
他眼里有你	47
再别康桥	47
季候	49
杜鹃	49

黄鹂	50
山中	50
两个月亮	51
残春	52
残破	53
我不知道风是在哪一个方向吹	54
云游	55
火车擒住轨	56
你去	58
雁儿们	59
鲤跳	60
别拧我，疼	61

散 文

童话一则	64
我过的端阳节	66
落叶	68
泰山日出	79
鬼话	80
泰戈尔	84
海滩上种花	88
巴黎的鳞爪	93
印度洋上的秋思	99
翡冷翠山居闲话	103
我所知道的康桥	105
自剖	112
再剖	116
想飞	120

北戴河海滨的幻想	123
我的彼得	125
我的祖母之死	128
拜伦	139
罗曼·罗兰	146
曼殊斐儿	151
谒见哈代的一个下午	163
伤双栝老人	167
关于女子	170
家德	180

诗歌

我骑着一匹拐腿的瞎马,
向着黑夜里加鞭;——
向着黑夜里加鞭,
我跨着一匹拐腿的瞎马!

我冲入这黑绵绵的昏夜,
为要寻一颗明星;——
为要寻一颗明星,
我冲入这黑茫茫的荒野。

徐志摩 诗歌 散文

雪花的快乐

假如我是一朵雪花，
翩翩地在半空里潇洒，
　我一定认清我的方向——
　　飞扬，飞扬，飞扬——
这地面上有我的方向。

不去那冷漠的幽谷，
不去那凄清的山麓，
　也不上荒街去惆怅——
　　飞扬，飞扬，飞扬——
你看！我有我的方向！

在半空里娟娟地飞舞，
认明了那清幽的住处，
　等着她来花园里探望——
　　飞扬，飞扬，飞扬——
啊，她身上有朱砂梅的清香！

那时我凭藉我的身轻，
盈盈的，粘住了她的衣襟，
贴近她柔波似的心胸——
　消溶，消溶，消溶——
融入了她柔波似的心胸！

落叶小唱

落叶小唱

一阵声响转上了阶沿
（我正挨近着梦乡边；）
这回准是她的脚步了，我想——
　　在这深夜！

一声剥啄在我的窗上
（我正靠紧着睡乡旁；）
这准是她来闹着玩——你看，
我偏不张皇！

一个声息贴近我的床，
我说（一半是睡梦，一半是迷惘）：——
　"你总不能明白我，你又何苦
　　多叫我心伤！"

一声喟息落在我的枕边，
（我已在梦乡里留恋；）
"我负了你！"你说——你的热泪
　　烫着我的脸！

这音响恼着我的梦魂
（落叶在庭前舞，一阵，又一阵；）
梦完了，呵，回复清醒；恼人的——
　　却只是秋声！

这是一个懦怯的世界

这是一个懦怯的世界，
　　　容不得恋爱，容不得恋爱！
披散你的满头发，
赤露你的一双脚；
　　　跟着我来，我的恋爱，
抛弃这个世界
殉我们的恋爱！

我拉着你的手，
　　　爱，你跟着我走；
听凭荆棘把我们的脚心刺透，
听凭冰雹劈破我们的头，
　　　你跟着我走，
我拉着你的手，
逃出了牢笼，恢复我们的自由！

跟着我来，
我的恋爱！
人间已经掉落在我们的后背——
看呀，这不是白茫茫的大海？
白茫茫的大海，
白茫茫的大海，
无边的自由，我与你与恋爱！

顺着我的指头看，
　　　那天边一小星的蓝——
那是一座岛，岛上有青草，
鲜花，美丽的走兽与飞鸟；
快上这轻快的小艇，

去到那理想的天庭——
恋爱,欢欣,自由——辞别了人间,永远!

去 罢

去罢,人间,去罢!
　我独立在高山的峰上;
去罢,人间,去罢!
　我面对着无极的穹苍。

去罢,青年,去罢!
　与幽谷的香草同埋;
去罢,青年,去罢!
　悲哀付与暮天的群鸦。

去罢,梦乡,去罢!
　我把幻景的玉杯摔破;
去罢,梦乡,去罢!
　我笑受山风与海涛之贺。

去罢,种种,去罢!
　当前有插天的高峰;
去罢,一切,去罢!
　当前有无穷的无穷!

为要寻一个明星

我骑着一匹拐腿的瞎马,
　向着黑夜里加鞭;——

向着黑夜里加鞭,
我跨着一匹拐腿的瞎马。

我冲入这黑绵绵的昏夜,
　　为要寻一颗明星;——
　　为要寻一颗明星,
我冲入这黑茫茫的荒野。

累坏了,累坏了我胯下的牲口,
　　那明星还不出现;——
　　那明星还不出现,
累坏了,累坏了马鞍上的身手。

这回天上透出了水晶似的光明,
　　荒野里倒着一只牲口,
　　黑夜里躺着一具尸首。——
这回天上透出了水晶似的光明!

不再是我的乖乖

一

前天我是一个小孩,
这海滩最是我的爱;
早起的太阳赛如火炉,
趁暖和我来做我的工夫:
捡满一衣兜的贝壳,
在这海砂上起造宫阙;
哦,这浪头来得凶恶,
冲了我得意的建筑——
我喊一声海,海!

你是我小孩儿的乖乖!

二

昨天我是一个"情种",
到这海滩上来发疯;
西天的晚霞慢慢地死,
血红变成姜黄,又变紫,
一颗星在半空里窥伺,
我匍匐在沙堆里画字,
一个字,一个字,又一个字,
谁说不是我心爱的游戏?
我喊一声海,海!
不许你有一点儿的更改!

三

今天!咳,为什么要有今天?
不比从前,没了我的疯癫,
再没有小孩时的新鲜,
这回再不来这大海的边沿!
头顶不见天光的方便,
海上只暗沉沉的一片,
暗潮侵蚀了沙字的痕迹,
却冲不淡我悲惨的颜色——
我喊一声海,海!
你从此不再是我的乖乖!

多谢天!我的心又一度的跳荡

多谢天!我的心又一度的跳荡,
这天蓝与海青与明洁的阳光,

徐志摩 诗歌 散文

驱净了梅雨时期无欢的踪迹，
也散放了我心头的网罗与纽结，
像一朵曼陀罗花英英的露爽，
在空灵与自由中忘却了迷惘：——
迷惘，迷惘！也不知来自何处，
囚禁着我心灵的自然地流露，
可怖的梦魇，黑夜无边的残酷，
苏醒的盼切，只增剧灵魂的麻木！
曾经有多少的白昼，黄昏，清晨，
嘲讽我这蚕茧似不生产的生存？
也不知有几遭的明月，星群，晴霞，
山岭的高亢与流水的光华……
辜负！辜负自然界叫唤的殷勤，
惊不醒这沉醉的昏迷与顽冥！

如今，多谢这无名的博大的光辉，
在艳色的青波与绿岛间萦回，
更有那渔船与帆影，亭亭的黏附
在天边，唤起辽远的梦景与梦趣：
我不由得惊悚，我不由得感愧；
（有时微笑的妩媚是启悟的棒槌！）
是何来倏忽的神明，为我解脱
忧愁，新竹似的豁裂了外箨，
透露内里的青篁，又为我洗净
障眼的盲瞖，重见宇宙间的欢欣。

这或许是我生命重新的机兆；
大自然的精神！容纳我的祈祷，
容许我的不踌躇的注视，容许
我的热情的献致，容许我保持
这显示的神奇，这现在与此地，

这不可比拟的一切间隔的毁灭！
我更不问我的希望，我的惆怅，
未来与过去只是渺茫的幻想，
更不向人间访问幸福的进门，
只求每时分给我不死的印痕，——
变一颗埃尘，一颗无形的埃尘，
追随着造化的车轮，进行，进行……

我有一个恋爱

我有一个恋爱，——
我爱天上的明星；
我爱他们的晶莹：——
　人间没有这异样的神明！

在冷峭的暮冬的黄昏，
在寂寞的灰色的清晨，
在海上，在风雨后的山顶：——
　永远有一颗，万颗的明星！

山涧边小草花的知心，
高楼上小孩童的欢欣，
旅行人的灯亮与南针：——
　万万里外闪烁的精灵！

我有一个破碎的魂灵，
像一堆破碎的水晶，
散布在荒野的枯草里：——
　饱啜你一瞬瞬的殷勤。

人生的冰激与柔情，
我也曾尝味，我也曾容忍；

有时阶砌下蟋蟀的秋吟：——
　　引起我心伤，逼迫我泪零。
我袒露我的坦白的胸襟，
献爱与一天的明星；
任凭人生是幻是真，
地球存在或是消泯：——
　　天空中永远有不昧的明星！

月下雷峰影片

我送你一个雷峰塔影，
　　满天稠密的黑云与白云；
我送你一个雷峰塔影，
　　明月泻影在眠熟的波心。

深深的黑夜，依依的塔影，
　　团团的月彩，纤纤的波鳞——
假如你我荡一支无遮的小艇，
　　假若你我创一个完全的梦境！

沪杭车中

匆匆匆！催催催！
一卷烟，一片山，几点云影，
一道水，一座桥，一支橹声，
一林松，一丛竹，红叶纷纷；

艳色的田野，艳色的秋景，
梦境似的分明，模糊，消隐——

催催催！是车轮还是光阴？
催老了秋容，催老了人生！

乡村里的音籁

小舟在垂柳荫间缓泛，
　　一阵阵初秋的凉风，
　　吹生了水面的漪绒，
吹来两岸乡村里的音籁。

我独自凭着船窗闲憩，
　　静看着一河的波幻，
　　静听着远近的音籁，
又一度与童年的情景默契！

这是清脆的稚儿的呼唤，
　　田场上工作纷纭，
　　竹篱边犬吠鸡鸣，
但这无端的悲感与凄婉！

白云在蓝天里飞行，
　　我欲把恼人的年岁，
　　我欲把恼人的情爱，
托付与无涯的空灵——消泯！

回复我纯朴的，美丽的童心：
　　像山谷里的冷泉一勺，
　　像晓风里的白头乳鹊，
像池畔的草花，自然的鲜明。

她是睡着了

　　她是睡着了——
星光下一朵斜欹的白莲；
　　她入梦境了——
香炉里袅起一缕碧螺烟。

　　她是眠熟了——
涧泉幽抑了喧响的琴弦；
　　她在梦乡了——
粉蝶儿，翠蝶儿，翻飞的欢恋。

　　停匀的呼吸：
清芬，渗透了她的周遭的清氛；
　　有福的清氛；
怀抱着，抚摩着，她纤纤的身形！

　　奢侈的光阴！
静，沙沙的尽是闪亮的黄金，
　　平铺着无垠，
波粼间轻漾着光艳的小艇。

　　醉心的光景：
给我披一件彩衣，啜一坛芳醴，
　　折一枝藤花，
舞，在葡萄丛中颠倒，昏迷。

　　看呀，美丽！
三春的颜色移上了她的香肌，
　　是玫瑰，是月季，
是朝阳里的水仙，鲜妍，芳菲！

梦底的幽秘,
挑逗着她的心——她纯洁的灵魂,
　像一只蜂儿,
在花心恣意的唐突——温存。

童真的梦境!
静默,休教惊断了梦神的殷勤;
　抽一丝金络,
抽一丝银络,抽一丝晚霞的紫曛。

玉腕与金梭,
织缣似的精审,更番的穿度——
　化生了彩霞,
神阙,安琪儿的歌,安琪儿的舞。

天国的消息

可爱的秋景!无声的落叶,
轻盈的,轻盈的,掉落在这小径,
竹篱内,隐约的,有小儿女的笑声。

沥沥的清音,缭绕着村舍的静谧,
仿佛是幽谷里的小鸟,欢噪着清晨,
驱散了昏夜的晦塞,开始无限光明。

刹那的欢欣,昙花似的涌现,
开豁了我的情绪,忘却了春恋;
人生的惶惑与悲哀,惆怅与短促——
在这稚子的欢笑声里,想见了天国!

晚霞泛滥着金色的枫林,

凉风吹拂着我孤独的身形；
我灵海里啸响着伟大的波涛，
应和更伟大的脉搏，更伟大的灵潮！

五老峰

不可摇撼的神奇，
　　　不容注视的威严，
这耸峙，这横蟠，
　　　这不可攀缘的峻险！
看！那巉岩缺处
　　　透露着天，窈远的苍天，
在无限广博的怀抱间，
　　　这磅礴的伟象显现！

是谁的意境，是谁的想象？
　　　是谁的工程与搏造的手痕？
在这亘古的空灵中
　　　陵慢着天风，天体与天氛！
有时朵朵明媚的彩云，
　　　轻颤的，妆缀着老人们的苍鬓，
像一树虬干的古梅在月下
　　　吐露了艳色鲜葩的清芬！

山麓前伐木的村童，
在山涧的清流中洗濯，呼啸，
认识老人们的嗔謇，
　　　迷雾海沫似的喷涌，铺罩，
淹没了谷内的青林，
　　　隔绝了鄱阳的水色袅渺，

陡壁前闪亮着火电,听呀!
　　五老们在渺茫的雾海外狂笑!

朝霞照他们的前胸,
　　晚霞戏逗着他们赤秃的头颅;
黄昏时,听异鸟的欢呼,
　　在他们鸠盘的眉旁怯怯的透露
不昧的星光与月彩:
　　柔波里,缓泛着的小艇与轻舸;
听呀!在海会静穆的钟声里,
　　有朝山人在落叶林中过路!

更无有人事的虚荣,
　　更无有尘世的仓促与噩梦,
灵魂!记取这从容与伟大,
　　在五老峰前饱啜自由的山风!
这不是山峰,这是古圣人的祈祷,
　　凝聚成这"冻乐"似的建筑神工,
给人间一个不朽的凭证——
　　一个"倔强的疑问"在无极的蓝空!

朝雾里的小草花

这岂是偶然,小玲珑的野花!
　你轻含着鲜露颗颗,
　　怦动的,像是慕光明的花蛾,
在黑暗里想念焰彩,晴霞;
我此时在这蔓草丛中过路,
　　无端的内感惆怅与惊讶,
　　在这迷雾里,在这岩壁下,
思忖着,泪怦怦的,人生与鲜露?

在那山道旁

在那山道旁,一天雾濛濛地朝上,
初生的小蓝花在草丛里窥觑,
我送别她归去,与她在此分离,
在青草里飘拂,她的洁白的裙衣。

我不曾开言,她亦不曾告辞,
驻足在山道旁,我暗暗地寻思:
"吐露你的秘密,这不是最好时机?"——
露湛的小蓝花,仿佛恼我的迟疑。

为什么迟疑,这是最后的时机,
在这山道旁,在这雾盲的朝上?
收集了勇气,向着她我旋转身去:——
但是啊,为什么她满眼凄惶?

我咽住了我的话,低下了我的头:
火灼与冰激在我的心胸间回荡,
啊,我认识了我的命运,她的忧愁,——
在这浓雾里,在这凄清的道旁!

在那天朝上,在雾茫茫的山道旁,
新生的小蓝花在草丛里睥睨,
我目送她远去,与她从此分离——
在青草间飘拂,她那洁白的裙衣!

石虎胡同七号

我们的小园庭,有时荡漾着无限温柔;

善笑的藤娘，祖酥怀任团团的柿掌绸缪，
百尺的槐翁，在微风中俯身将棠姑抱搂，
黄狗在篱边，守候睡熟的珀儿，他的小友，
小雀儿新制求婚的艳曲，在媚唱无休——
我们的小园庭，有时荡漾着无限温柔。

我们的小园庭，有时淡描着依稀的梦景；
雨过的苍茫与满庭荫绿，织成无声幽瞑，
小蛙独坐在残兰的胸前，听隔院蚓鸣，
一片化不尽的雨云，倦展在老槐树顶，
掠檐前作圆形的舞旋，是蝙蝠，还是蜻蜓？——
我们的小园庭，有时淡描着依稀的梦景。

我们的小园庭，有时轻喟着一声奈何；
奈何在暴雨时，雨槌下捣烂鲜红无数，
奈何在新秋时，未凋的青叶惆怅地辞树，
奈何在深夜里，月儿乘云艇归去，西墙已度，
远巷薤露的乐音，一阵阵被冷风吹过——
我们的小园庭，有时轻喟着一声奈何。

我们的小园庭，有时沉浸在快乐之中；
雨后的黄昏，满院只美荫，清香与凉风，
大量的蹇翁，巨樽在手，蹇足直指天空，
一斤，两斤，杯底喝尽，满怀酒欢，满面酒红，
连珠的笑声中，浮沉着神仙似的酒翁——
我们的小园庭，有时沉浸在快乐之中。

先生！先生！

钢丝的车轮

在偏僻的小巷内飞奔——
"先生，我给先生请安，您哪，先生。"

迎面一蹲身，
一个单布褂的女孩颤动着呼声——
雪白的车轮在冰冷的北风里飞奔。

紧紧地跟，紧紧地跟，
破烂的孩子追赶着铄亮的车轮：
"先生，可怜我一大化吧，善心的先生！"

"可怜我的妈，
她又饿又冻又病，躺在道儿边直呻——
您修好，赏给我们一顿窝窝头，您哪，先生！"

"没有带子儿。"
坐车的先生说，车里戴大皮帽的先生——
飞奔，急转的双轮，紧迫小孩的呼声。

一路旋风似的土尘，
土尘里飞转着银晃晃的车轮——
"先生，可是您出门不能不带钱，您哪，先生。"
"先生……先生！"
紫涨的小孩，气喘着，断续的呼声——
飞奔，飞奔，橡皮的车轮不住地飞奔。

飞奔……先生……
飞奔……先生……
先生……先生……先生……

叫化活该

"行善的大姑，修好的爷，"

西北风尖刀似的猛刺着他的脸,
"赏给我一点你们吃剩的油水吧!"
一团模糊的黑影,捱紧在大门边。

"可怜我快饿死了,发财的爷,"
大门内有欢笑,有红炉,有玉杯;
"可怜我快冻死了,有福的爷,"
大门外西北风笑说:"叫化活该!"

我也是战栗的黑影一堆,
蠕伏在人道的前街;
我也只讨一些同情的温暖,
遮掩我的剐残的余骸——

但是沉沉的紧闭的大门,谁来理睬;
街道上只冷风的嘲讽:"叫化活该!"

盖上几张油纸

一片,一片,半空里
掉下雪片;
有一个妇人,有一个妇人,
独坐在阶沿。

虎虎的,虎虎的,风响
在树林间;
有一个妇人,有一个妇人,
独自在哽咽。

为什么伤心,妇人,

徐志摩

诗歌 散文

　　这大冷的雪天?
　　为什么啼哭,莫非是
　　　失掉了钗钿?

　　不是的,先生,不是的,
　　　不是为钗钿;
　　也是的,也是的,我不见了
　　　我的心恋。

　　那边松林里,山脚下,先生。
　　　有一只小木箧,
　　装着我的宝贝,我的心,
　　　三岁儿的嫩骨!

　　昨夜我梦见我的儿:
　　　叫一声"娘呀——
　　天冷了,天冷了,天冷了,
　　　儿的亲娘呀!"

　　今天果然下大雪,屋檐前
　　　望得见冰条,
　　我在冷冰冰的被窝里摸——
　　　摸我的宝宝。

　　方才我买来几张油纸,
　　　盖在儿的床上;
　　我唤不醒我熟睡的儿——
　　　我因此心伤。

　　一片,一片,半空里
　　　掉下雪片;

有一个妇人,有一个妇人,
　　独坐在阶沿。

虎虎的,虎虎的,风响
　　在树林间;
有一个妇人,有一个妇人。
　　独自在哽咽。

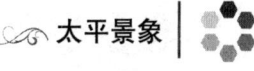

太平景象

"卖油条的,来六根——再来六根。"
"要香烟吗,老总们,大英牌,大前门?
多留几包也好,前边什么买卖都不成。"

"这枪好,德国来的,装弹时手顺;"
"我哥有信来,前天,说我妈有病;"
"哼,管得你妈,咱们去打仗要紧。"

"亏得在江南,离着家千里的路程,
要不然我的家里人……唉,管得他们
眼红眼青,咱们吃粮的眼不见为净!"

"说是,这世界!做鬼不幸,活着也不称心;
谁没有家人老小,谁愿意来当兵拼命?"
"可是你不听长官说,打伤了有恤金?"

"我就不稀罕那猫儿哭耗子的'恤金'!
脑袋就是一个,我就想不透为么要上阵,
砰,砰,打自个儿的弟兄,损己,又不利人。"

"你不见李二哥回来,烂了半个脸,全青?
他说前边稻田里的尸体,简直像牛粪,
全的,残的,死透的,半死的,烂臭,难闻。"
"我说这儿江南人倒懂事,他们死不当兵;
你看这路旁的皮棺,那田里玲巧的享亭,
草也青,树也青,做鬼也落个清静;"

"比不得我们——可不是火车已经开行?——
天生是稻田里的牛粪——唉,稻田里的牛粪!"
"喂,卖油条的,赶上来,快,我还要六根。"

恋爱到底是什么一回事

恋爱他到底是什么一回事?——
他来的时候我还不曾出世;
太阳为我照上了二十几个年头,
我只是个孩子,认不识半点愁;
忽然有一天——我又爱又恨那一天——
我心坎里痒齐齐的有些不连牵,
那是我这辈子第一次的上当,
有人说是受伤——你摸摸我的胸膛——
他来的时候我还不曾出世,
恋爱他到底是什么一回事?

这来我变了,一只没笼头的马,
跑遍了荒凉的人生的旷野;
又像是那古时间献璞玉的楚人,
手指着心窝,说这里面有真有真,
你不信时一刀拉破我的心头肉,
看那血淋淋的一掬是玉不是玉;

血!那无情的宰割,我的灵魂!
是谁逼迫我发最后的疑问?

疑问!这回我自己幸喜我的梦醒,
上帝,我没有病,再不来对你呻吟!
我再不想成仙,蓬莱不是我的分;
我只要这地面;情愿安分地做人,——
从此再不问恋爱是什么一回事,
反正他来的时候我还不曾出世!

沙扬娜拉(第十八首)

赠日奉女郎

最是那一低头的温柔,
　像一朵水莲花不胜凉风的娇羞,
道一声珍重,道一声珍重,
那一声珍重里有蜜甜的忧愁——
　　沙扬娜拉!

一小幅的穷乐图

巷口一大堆新倒的垃圾,
大概是红漆门里倒出来的垃圾,
其中不尽是灰,还有烧不烬的煤,
不尽是残骨,也许骨中有髓,
骨坳里还粘着一丝半缕的肉片,
还有半烂的布条,不破的报纸,
两三梗取灯儿,一半枝的残烟;

这垃圾堆好比是个金山，
山上满偻着寻求黄金者，
一队的褴褛，破烂的布裤蓝袄，
一个两个数不清高掬的臀腰，
有小女孩，有中年妇，有老婆婆，
一手挽着筐子，一手拿着树条，
深深地弯着腰，不咳嗽，不唠叨，
也不争闹，只是向灰堆里寻捞，
向前捞捞，向后捞捞，两边捞捞，
肩挨肩儿，头对头儿，拨拨挑挑，
老婆婆捡了一块布条，上好一块布条！
有人专捡煤渣，满地多的煤渣，
妈呀，一个女孩叫道，我捡了一块鲜肉骨头，
回头熬老豆腐吃，好不好？

一队的褴褛，好比个走马灯儿，
转了过来，又转了过去，又过来了，
有中年妇，有女孩小，有婆婆老，
还有夹在人堆里趁热闹的黄狗几条。

青年曲

泣与笑，恋与愿与恩怨，
难得的青年，倏忽的青年，
前面有座铁打的城垣，青年，
你进了城垣，永别了春光，
永别了青年，恋与愿与恩怨！

妙乐与酒与玫瑰，不久住人间，
青年，彩虹不常在天边，
梦里的颜色，不能永葆鲜妍，
你须珍重，青年，你有限的脉搏，
休教幻景似的消散了你的青年！

一个祈祷

请听我悲哽的声音，祈求于我爱的神：
人间哪一个的身上，不带些儿创与伤！
哪有高洁的灵魂，不经地狱，便登天堂：
我是肉薄过刀山，炮烙，闯渡了奈何桥，
方有今日这颗赤裸裸的心，自由高傲！

这颗赤裸裸的心，请收了吧，我的爱神！
因为除了你更无人，给他温慰与生命，
否则，你就将他磨成齑粉，散入西天云，
但他精诚的颜色，却永远点染你春朝的
新思，秋夜的梦境；怜悯吧，我的爱神！

康桥再会吧

康桥，再会吧；
我心头盛满了别离的情绪，
你是我难得的知己，我当年
辞别家乡父母，登太平洋去，
（算来一秋二秋，已过了四度
春秋，浪迹在海外，美土欧洲）

徐志摩 诗歌 散文

扶桑风色，檀香山芭蕉况味，
平波大海，开拓我心胸神意，
如今都变了梦里的山河，
渺茫明灭，在我灵府的底里；
我母亲临别的泪痕，她弱手
向波轮远去送爱儿的巾色，
海风咸味，海鸟依恋的雅意，
尽是我记忆的珍藏，我每次
摩按，总不免心酸泪落，便想
理箧归家，重向母怀中匍匐，
回复我天伦挚爱的幸福；
我每想人生多少跋涉劳苦，
多少牺牲，都只是枉费无补，
我四载奔波，称名求学，毕竟
在知识道上，采得几茎花草，
在真理山中，爬上几个峰腰，
钧天妙乐，曾否闻得，彩虹色，
可仍记得——但我如何能回答？
我但自憙楼高车快的文明，
不曾将我的心灵污抹，今日
我对此古风古色，桥影藻密，
依然能袒胸相见，惺惺惜别。

康桥，再会吧！
你我相知虽迟，然这一年中
我心灵革命的怒潮，尽冲泻
在你妩媚河身的两岸，此后
清风明月夜，当照见我情热
狂溢的旧痕，尚留草底桥边，
明年燕子归来，当记我幽叹

音节，歌吟声息，缦烂的云纹
霞彩，应反映我的思想情感，
此日撒向天空的恋意诗心，
赞颂穆静腾辉的晚景，清晨
富丽的温柔；听！那和缓的钟声
解释了新秋凉绪，旅人别意，
我精魂腾跃，满想化入音波，
震天彻地，弥盖我爱的康桥，
如慈母之于睡儿，缓抱软吻；
康桥！汝永为我精神依恋之乡！
此去身虽万里，梦魂必常绕
汝左右，任地中海疾风东指，
我亦必迂道西回，瞻望颜色；
归家后我母若问海外交好，
我必首数康桥；在温清冬夜
蜡梅前，再细辨此日相与况味；
设如我星明有福，素愿竟酬，
则来春花香时节，当复西航，
重来此地，再捡起诗针诗线，
绣我理想生命的鲜花，实现
年来梦境缠绵的销魂踪迹，
散香柔韵节，增媚河上风流；
故我别意虽深，我愿望亦密，
昨宵明月照林，我已向倾吐
心胸的蕴积，今晨雨色凄清，
小鸟无欢，难道也为是怅别
情深，累藤长草茂，涕泪交零！

康桥！山中有黄金，天上有明星，
人生至宝是情爱交感，即使

山中金尽，天上星散，同情还
永远是宇宙间不尽的黄金，
不昧的明星；赖你和悦宁静
的环境，和圣洁欢乐的光阴，
我心我智，方始经爬梳洗涤，
灵苗随春草怒生，沐日月光辉，
听自然音乐，哺啜古今不朽
一强半汝亲栽育——的文艺精英：
恍登万丈高峰，猛回头惊见
真善美浩瀚的光华，覆翼在
人道蠕动的下界，朗然照出
生命的经纬脉络，血赤金黄，
尽是爱主恋神的辛勤手绩；
康桥！你岂非是我生命的泉源？
你惠我珍品，数不胜数；最难忘
骞士德顿桥下的星磷坝乐，
弹舞殷勤，我常夜半凭阑干，
倾听牧地黑影中倦牛夜嚼，
水草间鱼跃虫嗤，轻挑静寞；
难忘春阳晚照，泼翻一海纯金，
淹没了寺塔钟楼，长垣短堞，
千百家屋顶烟突，白水青田，
难忘茂林中老树纵横；巨干上
黛薄茶青，却教斜刺的朝霞，
抹上些微胭脂春意，忸怩神色；
难忘七月的黄昏，远树凝寂，
像墨泼的山形，衬出轻柔瞑色，
密稠稠，七分鹅黄，三分橘绿，
那妙意只可去秋梦边缘捕捉；
难忘榆荫中深宵清啭的诗禽，

一腔情热,教玫瑰噙泪点首,
满天星环舞幽吟,款住远近
浪漫的梦魂,深深迷恋香境;
难忘村里姑娘的腮红颈白;
难忘屏绣康河的垂柳婆娑,
婀娜的克莱亚,硕美的校友居;
——但我如何能尽数,总之此地
人天妙合,虽微如寸芥残垣,
亦不乏纯美精神;流贯其间,
而此精神,正如宛次宛士所谓
"通我血液,浃我心脏",有"镇驯
矫饬之功";我此去虽归乡土,
而临行怫怫,转若离家赴远;
康桥!我故里闻此,能弗怨汝
僭爱,然我自有谠言代汝答付;
我今去了,记好明春新杨梅
上市时节,盼望我含笑归来,
再见吧,我爱的康桥!

翡冷翠的一夜

你真的走了,明天?那我,那我,……
你也不用管,迟早有那一天;
你愿意记着我,就记着我,
要不然趁早忘了这世界上
有我,省得想起时空着恼,
只当是一个梦,一个幻想;
只当是前天我们见的残红,
怯怜怜地在风前抖擞,一瓣,

徐志摩 诗歌 散文

两瓣，落地，叫人踩，变泥……
唉，叫人踩，变泥——变了泥倒干净，
这半死不活的才叫是受罪，
看着寒碜，累赘，叫人白眼——
天呀！你何苦来，你何苦来……
我可忘不了你，那一天你来，
就比如黑暗的前途见了光彩，
你是我的先生，我爱，我的恩人，
你教给我什么是生命，什么是爱，
你惊醒我的昏迷，偿还我的天真，
没有你我哪知道天是高，草是青？

你摸摸我的心，它这下跳得多快；
再摸我的脸，烧得多焦，亏这夜黑
看不见；爱，我气都喘不过来了，
别亲我了；我受不住这烈火似的活，
这阵子我的灵魂就像是火砖上的
熟铁，在爱的锤子下，砸，砸，火花
四散的飞洒……我晕了，抱着我，
爱，就让我在这儿清静的园内，
闭着眼，死在你的胸前，多美！
头顶白杨树上的风声，沙沙的，
算是我的丧歌，这一阵清风，
橄榄林里吹来的，带着石榴花香，
就带了我的灵魂走，还有那萤火，
多情的殷勤的萤火，有他们照路，
我到了那三环洞的桥上再停步，
听你在这儿抱着我半暖的身体，
悲声的叫我，亲我，摇我，咂我；……
我就微笑的再跟着清风走，

翡冷翠的一夜

徐志摩 诗歌 散文

随他领着我,天堂,地狱,哪儿都成,
反正丢了这可厌的人生,实现这死
在爱里,这爱中心的死,不强如
五百次的投生……自私,我知道,
可我也管不着……你伴着我死?
什么,不成双就不是完全的"爱死",
要飞升也得两对翅膀儿打伙,
进了天堂还不一样的要照顾,
我少不了你,你也不能没有我;
要是地狱,我单身去你更不放心,
你说地狱不定比这世界文明
(虽则我不信,)像我这娇嫩的花朵,
难保不再遭风暴,不叫雨打,
那时候我喊你,你也听不分明,——
那不是求解脱反投进了泥坑,
倒叫冷眼的鬼串通了冷心的人,
笑我的命运,笑你懦怯的粗心?
这话也有理,那叫我怎么办呢?
活着难,太难,就死也不得自由,
我又不愿你为我牺牲你的前程……
唉!你说还是活着等,等那一天!
有那一天吗?——你在,就是我的信心;
可是天亮你就得走,你真的忍心
丢了我走?我又不能留你,这是命;
但这花,没有阳光晒,没有甘露浸,
不死也不免瓣尖儿焦萎,多可怜!
你不能忘我,爱,除了在你的心里,
我再没有命;是,我听你的话,我等,
等铁树儿开花我也得耐心等;
爱,你永远是我头顶的一颗明星:

要是不幸死了，我就变一个萤火，
在这园里，挨着草根，暗沉沉地飞，
黄昏飞到半夜，半夜飞到天明，
只愿天空不生云，我望得见天，
天上那颗不变的大星，那是你，
但愿你为我多放光明，隔着夜，
隔着天，通着恋爱的灵犀一点……

1925 年 6 月 11 日

偶　然

我是天空里的一片云，
偶尔投影在你的波心——
　　你不必讶异，
　　更无须欢喜——
在转瞬间消灭了踪影。

你我相逢在黑夜的海上，
你有你的，我有我的，方向；
　　你记得也好，
　　最好你忘掉，
在这交会时互放的光亮！

珊　瑚

你再不用想我说话，
　　我的心早沉在海水底下；
你再不用向我叫唤，

因为我——我再不能回答！

除非你——除非你也来在
　　这珊瑚骨环绕的又一世界；
等海风定时的一刻清静，
　　你我来交互你我的幽叹。

丁当——清新

檐前的秋雨在说什么？
　　它说摔了她，忧郁什么？
我手拿起案上的镜框，
　　在地平上摔一个丁当。
檐前的秋雨又在说什么？
　　"还有你心里那个留着做什么？"
蓦地里又听见一声清新——
这回摔破的是我自己的心！

我来到扬子江边买一把莲蓬

我来扬子江边买一把莲蓬；
　　手剥一层层莲衣，
　　看江鸥在眼前飞，
　　忍含着一眼悲泪——
我想着你，我想着你，啊小龙！

我尝一尝莲瓢，回味曾经的温存：——
　　那阶前不卷的前帘，
　　掩护着同心的欢恋，

我又听着你的盟言,
　　"永远是你的,我的身体,我的灵魂。"

我尝一尝莲心,我的心比莲心苦;
　　我长夜里怔忡,
　　挣不开的噩梦,
　　谁知我的苦痛?
你害了我,爱,这日子叫我如何过?

但我不能责你负,我不忍猜你变,
　　我心肠只是一片柔:
　　你是我的!我依旧
　　将你紧紧的抱搂——
除非是天翻——但谁能想象那一天?

半夜深巷琵琶

又被它从睡梦中惊醒,深夜里的琵琶!
　　是谁的悲思,
　　是谁的手指,
像一阵凄风,像一阵惨雨,像一阵落花,
　　在这夜深深时,
　　在这睡昏昏时,
挑动着紧促的弦索,乱弹着宫商角徵,
　　和着这深夜,荒街,
　　柳梢头有残月挂,
啊,半轮的残月,像是破碎的希望,他
　　头戴着一顶开花帽,
　　身上带着铁链条,
在光阴的道上疯了似的跳,疯了似的笑,

完了，他说，吹糊你的灯，
　　她在坟墓的那一边等，
等你去亲吻，等你去亲吻，等你去亲吻！

决　断

我的爱：
再不可迟疑；
误不得
这唯一的时机。

天平秤——
在你自己心里，
哪头重——
砝码都不用比！

你我的——
哪还用着我提？
下了种，
就得完功到底。

生，爱，死——
三连环的迷谜；
拉动一个，
两个就跟着挤。

老实说，
我不稀罕这活，
这皮囊——
哪处不是拘束。

要恋爱,
要自由,要解脱——
这小刀子,
许是你我的天国!

可是不死
就得跑,远远地跑,
谁耐烦
在这猪圈里牢骚?

险——
不用说,总得冒,
不拼命,
哪件事拿得着?
看那星,
多勇猛的光明!
看这夜,
多庄严,多澄清!

走吧,甜,
前途不是暗昧;
多谢天,
从此跳出了轮回!

起造一座墙

你我千万不可亵渎那一个字,
别忘了在上帝跟前起的誓。
我不仅要你最柔软的柔情,

衣似的永远裹着我的心；
我要你的爱有纯钢似的强，
在这流动的生里起造一座墙；
任凭秋风吹尽满园的黄叶，
任凭白蚁蛀烂了千年的画壁；
就使有一天霹雳震翻了宇宙，——
也震不翻你我"爱墙"内的自由！

望 月

月，我隔着窗纱，在黑暗中，
望她从巉岩的山肩挣起——
一轮惺忪的不整的光华：

这使我想起你，我爱，当初
也曾在厄运的利齿间捱！
但如今正如蓝天里明月：
你已升起在幸福的前峰，
洒光辉照亮地面的坎坷！

大 帅

（见日报，前敌战士，随死随掩，
间有未死者，即被活埋。）

"大帅有命令：以后打死了的尸体
再不用往回挪（叫人看了挫气），
就在前边儿挖一个大坑，
拿瘪了的弟兄给往里掷，

掷满了给平上土，
给它一个大糊涂，
也不用给做记认，
管他是姓贾姓曾！
也好，省得他们家里人见了伤心：
　娘抱着个烂了的头，
　弟弟提溜着一只手，
新娶的媳妇到手个脓包的腰身！"

"我说这坑死人也不是没有味儿，
有那西晒的太阳做我们的伴儿，
瞧我这一抄，抄住了老丙，
他大前天还跟我吃烙饼，
　　叫了壶大白干，
　　咱们俩随便谈，
　　我知道他那神气，
　　一只眼老是这挤：
谁想他来不到三天就做了炮灰，
　老丙他打仗倒是勇，
　你瞧他身上的窟窿！——
去你的，老丙，咱们来就是当死胚！

"天快黑了，怎么好，还有这一大堆？
听炮声，这半天又该是我们的毁！
麻利点儿，我说你瞧，三哥，
那黑刺刺的可不又是一个？
　　嘿，三哥，有没有死的，
　　还开着眼流着泪哩！
　　我说三哥这怎么来，
　　总不能拿人活着埋！"——
"吁，老五，别言语，听大帅的话没有错：

见个儿就给铲
　　见个儿就给埋，
躲开，瞧我的；欧，去你的，谁跟你啰唆！"

人变兽

朋友，这年头真不容易过，
你出城去看光景就有数：——
柳林中有乌鸦们在争吵，
分不匀死人身上的脂膏。

城门洞里一阵阵的旋风起，
跳舞着没脑袋的英雄，
那田畦里碧葱葱的豆苗，
你信不信全是用鲜血浇！

还有那井边挑水的姑娘，
你问她为甚走道像带伤——
抹下西山黄昏的一天紫，
也涂不没这人变兽的耻！

梅雪争春

纪念三一八

南方新年里有一天下大雪，
我到灵峰去探春梅的消息；
残落的梅萼瓣瓣在雪里腌，
我笑说这颜色还欠三分艳！

运命说：你赶花朝节前回京，
我替你备下真鲜艳的春景；
白的还是那冷翩翩的飞雪，
但梅花是十三龄童的热血！

这年头活着不易

昨天我冒着大雨到烟霞岭下访桂：
　　南高峰在烟霞中不见，
　　在一家松茅铺的屋檐前
　　我停步，问一个村姑今年
翁家山的桂花有没有去年开的媚。

那村姑先对着我身上细细地端详：
　　活像只羽毛浸瘪了的鸟，
　　我心想，她定觉得蹊跷，
　　在这大雨天单身走远道，
倒来没来头地问桂花今年香不香。

"客人，你运气不好，来得太迟又太早；
　　这里就是有名的满家弄，
　　往年这时候到处香得凶，
　　这几天连绵的雨，外加风，
弄得这稀糟，今年的早桂就算完了。"

果然这桂子林也不能给我点子欢喜：
　　枝上只见焦萎的细蕊，
　　看着凄惨，唉，无妄的灾！
　　为什么这到处是憔悴？

这年头活着不易！这年头活着不易！

西伯利亚

西伯利亚——我早年时想象
你不是受上天恩情的地域：
荒凉、严肃、不可比况的冷酷。
在冻雾里，在无边的雪地里，
有局促的生灵们，半像鬼，枯瘦
黑面目，佝偻，默无声地工作。
在他们，这地面是寒冰的地狱，
天空不留一丝霞彩的希冀，
更不问人事的恩情，人情的旖旎；
这是为怨郁的人间淤藏怨郁，
茫茫的白雪里渲染人道的鲜血，
西伯利亚，你象征的是恐怖，荒虚。

但今天，我面对这异样的风光——
不是荒原，这春夏间的西伯利亚，
更不见严冬时的坚冰、枯枝、寒鸦；
在这乌拉尔东来的草田，茂旺，葱秀，
牛马的乐园，几千里无际的绿洲，
更有那重叠的森林，赤松与白杨，
灌属小丛林，手挽手地滋长；
那赤皮松，像钜万赭衣的战士，
森森的，悄悄的，等待冲锋的号示，
那白杨，婀娜的多姿，最是那树皮，
白如霜，依稀林中仙女们的轻衣；
就这天——这天也不是寻常的开朗：
看，蓝空中往来的是轻快的仙航——

那不是云彩,那是天神们的微笑,
琼花似的幻化在这圆穹的周遭……

海 韵

一

"女郎,单身的女郎,
你为什么留恋
这黄昏的海边?
女郎,回家吧,女郎!"
"啊不;回家我不回,
我爱这晚风吹。"——
　在沙滩上,在暮霭里,
有一个散发的女郎——
　　　　徘徊,徘徊。

二

"女郎,散发的女郎,
你为什么彷徨
在这冷清的海上?
女郎,回家吧,女郎!"
"啊不;你听我唱歌,
大海,我唱,你来和。"——
　在星光下,在凉风里,
轻荡着少女的清音——
高吟,低哦。

三

"女郎,胆大的女郎!

那天边扯起了黑幕,
这顷刻间有恶风波,
女郎,回家吧,女郎!"
"啊不;你看我凌空舞,
学一个海鸥没海波。"——
　　在夜色里,在沙滩上,
急旋着一个苗条的身影——
　　　　婆娑,婆娑。

四

"听呀,那大海的震怒,
女郎,回家吧,女郎!
看呀,那猛兽似的海波,
女郎,回家吧,女郎!"
"啊不;海波他不来吞我,
我爱这大海的颠簸!"
　　在潮里,在波光里,
啊,一个慌张的少女在海沫里,
　　　　蹉跎,蹉跎。

五

"女郎,在哪里,女郎?
在哪里,你嘹亮的歌声?
在哪里,你窈窕的身影?
在哪里啊,勇敢的女郎?"
黑夜吞没了星辉,
这海边再没有光芒;
　海潮吞没了沙滩,
沙滩上再不见女郎,
　　　　再不见女郎!

苏 苏

苏苏是一个痴心的女子：
  像一朵野蔷薇，她的丰姿；
  像一朵野蔷薇，她的丰姿——
来一阵暴风雨，摧残了她的身世。

这荒草地里有她的墓碑：
  淹没在蔓草里，她的伤悲；
  淹没在蔓草里，她的伤悲——
啊，这荒土里化生了血染的蔷薇！

那蔷薇是痴心女的灵魂，
在清早上受清露的滋润，
  到黄昏时有晚风来温存，
更有那长夜的慰安，看星斗纵横。

你说这应分是她的平安？
  但命运又叫无情的手来攀，
  攀，攀尽了青条上的灿烂，——
可怜呵，苏苏她又遭一度的摧残！

春的投生

昨晚上，
再前一晚也是的，
在雷雨的猖狂中
春——

投生入残冬的尸体
不觉得脚下的松软,
耳鬓间的温驯吗?
树枝上浮着青,
潭里的水漾成无限的缠绵;
再有你我肢体上
胸膛间的异样的跳动。

桃花早已开上你的脸,
我在更敏锐的消受
你的媚,吞咽
你的连珠的笑;
你不觉得我的手臂
更迫切的要求你的腰身,
我的呼吸投射到你的身上
如同万千的飞萤投向光焰?
这些,还有别的许多说不尽的,
和着鸟雀们的热情的回荡,
都在手携手地赞美着
春的投生。

拜 献

山,我不赞美你的壮健,
海,我不歌咏你的阔大,
风波,我不颂扬你威力的无边;
但那在雪地里挣扎的小草花,
路旁冥盲中无告的孤寡,
烧死在沙漠里想归去的雏燕,——
给他们,给宇宙间一切无名的不幸,

徐志摩 诗歌 散文

我拜献，拜献我胸肋间的热，
管里的血，灵性里的光明；
我的诗歌——在歌声嘹亮的一俄顷，
天外的云彩为你们织造快乐，
　　起一座虹桥，
　　指点着永恒的逍遥，
在嘹亮的歌声里消纳了无穷的苦厄！

渺　小

我仰望群山的苍老，
　　他们不说一句话。
阳光描出我的渺小，
　　小草在我的脚下。
我一人停步在路隅，
　　倾听空谷的松籁；
青天里有白云盘踞——
　　转眼间忽又不在。

阔的海

阔的海空的天我不需要，
我也不想放一只巨大的纸鹞
上天去捉弄四面八方的风；
　　我只要一分钟
　　我只要一点光
　　我只要一条缝，——
　　像一个小孩趴伏

在一间暗屋的窗前
望着西天边不死的一条缝,
　　一点光,
　　一分钟。

他眼里有你

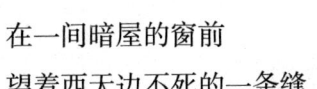

我攀登了万仞的高冈
荆棘扎烂了我的衣裳,
我向缥缈的云天外望——
　　上帝,我望不见你!

我向坚厚的地壳里掏,
捣毁了蛇龙们的老巢,
在无底的深潭里我叫——
　　上帝,我听不到你!

我在道旁见一个小孩:
活泼,秀丽,褴褛的衣衫;
他叫声妈,眼里亮着爱——
　　上帝,他眼里有你!

再别康桥

轻轻的我走了,
　　正如我轻轻的来;
我轻轻的招手,
　　作别西天的云彩。

徐志摩 诗歌 散文

那河畔的金柳,
　　是夕阳中的新娘;
波光里的艳影,
　　在我的心头荡漾。

软泥上的青荇,
　　油油的在水底招摇;
在康河的柔波里,
　　我甘心做一条水草!

那榆荫下的潭,
　　不是清泉,是天上虹,
揉碎在浮藻间,
　　沉淀着彩虹似的梦。

寻梦?撑一支长篙,
　　向青草更青处漫溯,
满载一船星辉,
　　在星辉斑斓里放歌。

但我不能放歌,
　　悄悄是别离的笙箫;
夏虫也为我沉默,
　　沉默是今晚的康桥!

悄悄的我走了,
　　正如我悄悄的来;
我挥一挥衣袖,
　　不带走一片云彩。

季 候

一

他俩初起的日子,
像春风吹着春花。
花对风说:"我要",
风不回话:他给!

二

但春花早变了泥,
春风也不知去向。
她怨,说天时太冷;
"不久就冻冰。"他说。

杜 鹃

杜鹃,多情的鸟,他终宵唱:
在夏荫深处,仰望着流云
飞蛾似围绕亮月的明灯,
星光疏散如海滨的渔火,
甜美的夜在露湛里休憩,
他唱,他唱一声"割麦插禾",——
农夫们在天放晓时惊起。

多情的鹃鸟,他终宵声诉,

是怨，是慕，他心头满是爱，
满是苦，化成缠绵的新歌，
柔情在静夜的怀中颤动；
他唱，口滴着鲜血，斑斑的，
染红露盈盈的草尖，晨光
轻摇着园林的迷梦；他叫，
他叫，他叫一声"我爱哥哥！"

黄　鹂

一掠颜色飞上了树。
"看，一只黄鹂！"有人说。
翘着尾尖，它不作声，
艳异照亮了浓密——
像是春光，火焰，像是热情。
等候它唱，我们静着望，
怕惊了它，但它一展翅，
冲破浓密，化一朵彩云；
它飞了，不见了，没了——
像是春光，火焰，像是热情。

山　中

庭院是一片静，
　听市谣围抱；
织成一地松影——
　看当头月好！

不知今夜山中
　　是何等光景；
想也有月，有松，
　　有更深的静。

我想攀附月色，
　　化一阵清风，
唤醒群松春醉，
　　去山中浮动；

吹下一针新碧，
　　掉在你窗前；
轻柔如同叹息——
　　不惊你安眠！

两个月亮

我望见有两个月亮：
一般的样，不同的相。
一个这时正在天上，
披敞着雀毛的衣裳；
她不吝惜她的恩情，
满地全是她的金银。

她不忘故宫的琉璃，
三海间有她的清丽。
她跳出云头，跳上树，
又躲进新绿的藤萝。
她那样玲珑，那样美，
水底的鱼儿也得醉！

徐志摩　诗歌　散文

但她有一点子不好，
她老爱向瘦小里耗；
有时满天只见星点，
没了那迷人的圆脸，
虽则到时候照样回来，
但这份相思有些难挨！

还有那个你看不见，
虽则不提有多么艳！
她也有她醉涡的笑，
还有转动时的灵妙；
说慷慨她也从不让人，
可惜你望不到我的园林！
可贵是她无边的法力，
常把我灵波向高里提：
我最爱那银涛的汹涌，
浪花里有音乐的银钟；
就那些马尾似的白沫，
也比得珠宝经过雕琢。

一轮完美的明月，
又况是永不残缺！
只要我闭上这一双眼，
她就婷婷地升上了天！

残　春

昨天我瓶子里斜插着的桃花，

是朵朵媚笑在美人的腮边挂；
今儿它们全低了头，全变了相——
红的白的尸体倒悬在青条上。

窗外的风雨报告残春的运命，
丧钟似的音响在黑夜里叮咛：
"你那生命的瓶子里的鲜花也
变了样：艳丽的尸体，谁给收殓？"

残　破

一

深深的在深夜里坐着：
当窗有一团不圆的光亮，
　　风挟着灰土，在大街上
　　小巷里奔跑：
我要在枯秃的笔尖上袅出
一种残破残破的哀调，
为要抒写我的残破的思潮。

二

深深的在深夜里坐着：
生尖角的夜凉在窗缝里，
　　妒忌屋内残余的暖气，
　　也不饶恕我的肢体；
但我要用我半干的墨水描成
一些残破的残破的花样，
因为残破，残破是我思想。

三

深深的在深夜里坐着，
左右是一些丑怪的鬼影：
　　焦枯的落魄的树木
　　在冰沉沉的河沿叫喊，
比着绝望的姿势，
正如我要在残破的意识里
重兴起一个残破的天地。

四

深深的在深夜里坐着，
闭上眼回望到过去的云烟：
　　啊，她还是一枝冷艳的白莲，
　　斜靠着晓风，万种的玲珑；
但我不是阳光，也不是露水，
我有的只是些残破的呼吸，
如同封锁在壁椽间的群鼠，
追逐着，追求着黑暗与虚无！

我不知道风是在哪一个方向吹

我不知道风
是在哪一个方向吹——
我是在梦中，
在梦的轻波里依洄。

我不知道风
是在哪一个方向吹——
我是在梦中，

云 游

她的温存，我的迷醉。

我不知道风
是在哪一个方向吹——
我是在梦中，
甜美是梦里的光辉。

我不知道风
是在哪一个方向吹——
我是在梦中，
她的负心，我的伤悲。

我不知道风
是在哪一个方向吹——
我是在梦中，
在梦的悲哀里心碎！

我不知道风
是在哪一个方向吹——
我是在梦中，
黯淡是梦里的光辉。

云 游

那天你翩翩的在空际云游，
自在，轻盈，你本不想停留
在天的那方或地的那角，
你的愉快是无拦阻的逍遥。
你更不经意在卑微的地面

有一流涧水,虽则你的明艳
在过路时点染了他的空灵,
使他惊醒,将你的倩影抱紧。

他抱紧的只是绵密的忧愁,
因为美不能在风光中静止;
他要,你已飞度万重的山头,
去更阔大的湖海投射影子!
他在为你消瘦,那一流涧水,
在无能的盼望,盼望你飞回!

火车擒住轨

火车擒住轨,在黑夜里奔:
过山,过水,过陈死人的坟;

过桥,听钢骨牛喘似的叫,
过荒野,过门户破烂的庙;

过池塘,群蛙在黑水里打鼓,
过噤口的村庄,不见一粒火;

过冰清的小站,上下没有客,
月台袒露着肚子,像是罪恶。

这时车的呻吟惊醒了天上
三两个星,躲在云缝里张望:

那是干什么的,他们在疑问,

火车擒住轨

大凉夜不歇着,直闹又是哼,

长虫似的一条,呼吸是火焰,
一死儿往暗里闯,不顾危险,

就凭那精窄的两道,算是轨,
驮着这份重,梦一般的累赘。

累赘!那些奇异的善良的人,
放平了心安睡,把他们不论。

俊的村的命全盘交给了它,
不论爬的是高山还是低洼,

不问深林里有怪鸟在诅咒,
天象的辉煌全对着毁灭走;
只图眼前过得,咧大嘴打呼,
明儿车一到,抢了皮包走路!

这态度也不错,愁没有个底;
你我在天空,哪天也不休息,

睁大了眼,什么事都看分明,
但自己又何尝能支使命运?

说什么光明,智慧永恒的美,
彼此同是在一条线上受罪;

就差你我的寿数比他们强,

这玩意反正是一片糊涂账!

你 去

你去,我也走,我们在此分手;
你上那一条大路,你放心走,
你看那街灯一直亮到天边,
你只消跟从这光明的直线!
你先走,我站在此地望着你,
放轻些脚步,别教灰土扬起,
我要认清你的远去的身影,
直到距离使我认你不分明,
再不然我就叫响你的名字,
不断地提醒你有我在这里。
为消解荒街与深晚的荒凉,
目送你归去……
不,我自有主张,
你不必为我忧虑;你走大路,
我进这条小巷,你看那棵树,
高抵着天,我走到那边转弯,
再过去是一片荒野的凌乱:
有深潭,有浅洼,半亮着止水,
在夜芒中像是纷披的眼泪;
有石块,有钩刺胫踝的蔓草,
在期待过路人疏神时绊倒!
但你不必焦心,我有的是胆,
凶险的途程不能使我心寒。
等你走远了,我就大步向前,
这荒野有的是夜露的清鲜;

也不愁愁云深裹,但须风动,
云海里便波涌星斗的流汞;
更何况永远照彻我的心底;
有那颗不灭的明珠,我爱你!

雁儿们

雁儿们在云空里飞,
　　看她们的翅膀,
　　看她们的翅膀,
有时候迂回,
　　有时候匆忙。

雁儿们在云空里飞,
　　晚霞在她们身上,
　　晚霞在她们身上,
有时候银辉,
　　有时候金芒。

雁儿们在云空里飞,
　　听她们的歌唱!
　　听她们的歌唱!
有时候伤悲,
　　有时候欢畅。

雁儿们在云空里飞,
　　为什么翱翔?
　　为什么翱翔?
她们少不少旅伴?

她们有没有家乡？

雁儿们在云空里彷徨，
　　天地就快昏黑！
　　天地就快昏黑！
前途再没有天光，
　　孩子们往哪儿飞？

天地在昏黑里安睡，
　　昏黑迷住了山林，
　　昏黑催眠了海水；
这时候有谁在倾听
　　昏黑里泛起的伤悲。

鲤　跳

那天你我走近一道小溪，
我说"我抱你过去，"你说"不！"
　"那我总得搀你，"你又说"不！"
　"你先过去，"你说："这水多丽！"
　"我愿意做一尾鱼，一枝草，
在风光里长，在风光里睡，
收拾起烦恼，再不用流泪；
现在看！我这锦鲤似的跳！"

一闪光艳，你已纵过了水，
脚点地时那轻，一身的笑，
像柳丝，腰还在俏丽地摇；
水波里满是鲤鳞的霞绮！

别拧我，疼

"别拧我，疼，"……
你说，微锁着眉心。

那"疼"，一个精圆的半吐，
在舌尖上溜转。

一双眼也在说话，
睛光里漾起
心泉的秘密。

梦
洒开了
轻纱的网。

"你在哪里？"
"让我们死。"你说。

散文

人啊,你不自己惭愧吗?

野兽,自然的,强悍的,活泼的,美丽的;我只是羡慕你。

什么是文明:只是腐败了的野兽!你若是拿住一个文明惯了的人类,剥了他的衣服装饰,夺了他作伪的工具——语言文字,把他赤裸裸的放在荒野里看看——多么"寒碜"的一个畜生呀!恐怕连长耳朵的小骡儿,都瞧他不起哪!

童话一则

四爷刚吃完了饭,擦擦嘴,自个儿站在阶沿边儿看花,让风沙乱得怪寒碜的玫瑰花。啪,啪,啪的一阵脚步声,背后来了宝宝,喘着气嚷道:

"四爷,来来,我有好东西让你瞧,真好东西!"

四爷侧着一双小眼,望着他满面通红的姊姊呆呆的不说话。

"来呀,四爷,我不冤你,在前厅哪,快来吧!"四爷还是不动。宝宝急了,"好,你不来就不来,四爷不来,我就不会找三爷?"说着转身就想跑。

四爷把脸放一放宽,小眼睛亮一亮,脸上转起一对小圆涡儿——他笑了——就跟着他姊姊走,宝宝看了他那样儿,也忍不住笑了,说:"来吧,真淘气!"

宝宝轻轻的把前厅的玻璃门拉开一道缝儿,做个手势,让四爷先扁着身子挨了进去,自己也偷偷的进来了,顺手又把门带上。

四爷有些儿不耐烦,开口了。

"叫我来看什么呀,一间空屋子,几张空桌子,几张空椅子,你老冤我!"宝宝也不理会他,只是仰着头东张西望的,口里说:"哪儿去了呢,怕是跑了不成?"

四爷心里想:没出息的宝宝准是在找耗子洞哩!

忽然吱的一声叫,东屋角子里插豁的一响,一头小雀儿冲了出来,直当着宝宝四爷的头上斜掠过去……四爷的右腿一阵子发硬,他让吓了一跳。宝宝可乐了。她就讲她的故事。

"我呀吃了饭没有事做,想一个人到前厅来玩玩,我刚一开门儿,他(手点雀儿)像是在外面候久了似的,比我还着急,呼的一声就穿进了门儿。我倒不信,也进来试试,门儿自己关上了。

"他呀,不进门儿着急,一进门儿更着急,只听得他豁拉豁拉的飞个不停,一会儿往东,一会儿往西,一会儿往南,一会儿往北,我忙的尽转着身,瞧着他飞,转得我头都晕了,他可不怕头晕,飞,飞,飞,飞个不停。口里还呦的呦的唱着,真是怪,让人家关在屋子里,他还乐哪——不乐怎么会唱,对不对四爷?回头他真急了：原先他是平飞的像穿梭似的——织布的梭子，我们教科书上有的不是？他爱贴着天花板飞，直飞，斜飞，画圆圈儿飞，挨着边儿一顿一顿的飞。回头飞累了，翅膀也没有劲儿了，他就不一定搭架子高飞了，低飞他也干，窗沿上爬爬，桌子上也爬爬；他还跳哪，像草虫子；有时他拐着头不动，像想什么心事似的。对了，他准是听了窗外树上他的也不知是表姊妹，也不知是好朋友，在那儿'奇怪，奇怪！'的找他，可怜他也说不出话，要是我，我就大声的哭叫，说'快来救我呀，我让人家关在屋子里出不来哩！快来救我呀！'

"他还是着急，想飞出去——我说他既然要出去，当初又何必进来，他自个儿进来，才让人关住，他又不愿意，可不是活该；可又是，他哪儿拿得了主意，人都拿不了主意！可怜哪，他见光亮就想盲冲。暴蓬暴蓬的，只听得他在玻璃窗上碰头，准碰得脑袋疼，有几次他险点儿碰昏了，差一点闪了下来。我看得可怜，想开了门儿放他走，可是我又觉得好玩，他一飞出门儿就不理我，他也不会道谢。他倦了，蹲在梁上发呆，像你那样发呆，四爷，我心又软了，我随口编了一个歌儿，对他唱了好几遍，他像懂得，又像不懂得，真怄气，那歌儿我唱你听听，四爷，好不好？"四爷听了她一长篇演说，瞪着眼老不开口，他可爱宝宝唱歌儿，宝宝唱的比谁的都好听，四爷顶爱，所以他把头点了两下。宝宝就唱：

　　雀儿，雀儿，
　　你进我的门儿，
　　你又想出我的门儿，
　　膨呀，膨呀，
　　玻璃老碰你的头儿！

四爷笑了，宝宝接着唱：

　　屋子里阴凉，
　　院子里有太阳，
　　屋子里就有我——你不爱；
　　院子里有的是
　　你的姊姊妹妹好朋友；
　　我张开一双手儿，

叫一声雀儿雀儿，
我愿意做你的妈，
你做我乖乖的儿。
每天吃茶的时候，
我喂你碎饼干儿，
回头我们俩睡一床，
一同到甜甜的梦里去，
唱一个新鲜的歌儿！

宝宝歌还没有唱完，那小雀儿又在乱冲乱飞；四爷张开了两只小臂，口里吁吁的，想去捉他，雀儿愈着急，四爷愈乐。宝宝说四爷你别追他，他怪可怜的，我替他难受……宝宝声音都哑了，她真快哭了。四爷一面追，一面说："我不疼他，雀儿我不爱，他们也没有好心眼儿，可不是，他们把我心爱的鲜红玫瑰花儿，全吃烂了，我要抓住他来问问……"宝宝说："你们男孩子究竟心硬；你也不成，前天不是你睡了觉，妈领了我们出去了，回头你一醒不见了我们，你就哭，哭得奶妈打电话！你说你小，雀儿不比你更小吗？你让人放在家里就不愿意，小雀儿让我们关在屋子里就愿意吗？"

四爷站定了，发了一阵呆，小黑眼珠儿又亮了几亮，对宝宝瞪了一眼，一张小嘴抿得紧紧的，走过去把门打个大开，恭恭敬敬的说一声："请！"

嗖的一声，小雀儿飞了……

我过的端阳节

我方才从南口回来。天是真热，朝南的屋子里都到九十度以上，两小时的火车竟如在火窖中受刑，坐起一样的难受。我们今天一早在野鸟开唱以前就起身，不到六时就骑骡出发，除了在永陵休息半小时以外，一直到下午一时余，只是在高度的日光下赶路。我一到家，只觉得四肢的筋肉里像用细麻绳扎紧似的难受，头里的血，像沸水似的急流，神经受了烈性的压迫，仿佛无数烧红的铁条蛇盘似的绞紧在一起……

一进阴凉的屋子，只觉得一阵眩晕从头顶直至踵底，不仅眼前望不清楚，连身子也有些支持不住。我就向着最近的藤椅上瘫了下去，两手按住急颤的前胸，紧闭着眼，纵容内心的混沌，一片暗黄，一片茶青，一片墨绿，影片似的在倦绝的眼膜上扯过……

直到洗过了澡，神志方才回复清醒，身子也觉得异常的爽快，我就想了……

人啊，你不自己惭愧吗？

野兽，自然的，强悍的，活泼的，美丽的；我只是羡慕你。

什么是文明：只是腐败了的野兽！你若是拿住一个文明惯了的人类，剥了他的衣服装饰，夺了他作伪的工具——语言文字，把他赤裸裸的放在荒野里看看——多么"寒碜"的一个畜生呀！恐怕连长耳朵的小骡儿，都瞧他不起哪！

白天，狼虎放平在丛林里睡觉，他躲在树荫底下发痧；

晚上清风在树林中演奏轻微的妙乐，鸟雀儿在巢里做好梦，他倒在一块石上发烧咳嗽——着了凉！

也不等狼虎去商量他有限的皮肉，也不必小雀儿去嘲笑他的懦弱；单是他平常歌颂的艳阳与凉风，甘霖与朝露，已够他的受用：在几小时之内可使他脑子里消灭了金钱、名誉、经济、主义等等的虚景，在一半天之内，可使他心窝里消灭了人生的情感悲乐种种的幻象，在三两天之内——如其那时还不曾受淘汰——可使他整个的超出了文明人的丑态，那时就叫他放下两只手来替脚平分走路的负担，他也不以为离奇，抵拼撕破皮肉爬上树去采果子吃，也不会感觉到体面的观念……

平常见了活泼可爱的野兽，就想起红烧野味之美，现在你失去了文明的保障，但求彼此平等待遇两不相犯，已是万分的侥幸……

文明只是个荒谬的状况；文明人只是个凄惨的现象，——我骑在骡上嚷累叫热，跟着哑巴的骡夫，比手势告诉我他整天的跑路，天还不算顶热，他一路很快活的不时采一朵野花，折一茎麦穗，笑他古怪的笑，唱他哑巴的歌；我们到了客寓喝冰汽水喘息，他路过一条小涧时，扑下去喝了一个贴面饱，同行的有一位说："真的，他们这样的胡喝，就不会害病，真贱！"

回头上了头等车，坐在皮椅上嚷累叫热，又是一瓶两瓶的冰水，还怪嫌车里不安电扇；同时前面火车头里司机的加煤的，在一百四五十度的高温里笑他们的笑，谈他们的谈……

田里刈麦的农夫拱着棕黑色的裸背在工作，从早起已经做了八九时的工，热烈的阳光在他们的皮上像在打出火星来似的，但他们却不曾嚷腰酸叫头痛……

我们不敢否认人是万物之灵；我们却能断定人是万物之淫；什么是现代的文明；只是一个淫的现象。

淫的代价是活力之腐败与人道之丑化。

前面是什么，没有别的，只是一张黑沉沉的大口，在我们运定的道上张开等着，时候到了把我们整个的吞了下去完事。

落　叶

前天你们查先生来电话要我讲演，我说但是我没有什么话讲，并且我又是最不耐烦讲演的。他说：你来罢，随你讲，随你自由的讲，你爱说什么就说什么。我们这里你知道这次开学情形很困难，我们学生的生活很枯燥很闷，我们要你来给我们一点活命的水。这话打动了我。枯燥，闷，这我懂得。虽则我与你们诸君是不相熟的，但这一件事实，你们感觉生活枯闷的事实，却立即在我与诸君无形的关系间，发生了一种真的深切的同情。我知道烦闷是怎么样一个不成形，不讲情理的怪物，他来的时候，我们的全身仿佛被一个大蜘蛛网盖住了，好容易挣出了这条手臂，那条又叫粘住了。那是一个可怕的网子。我也认识生活枯燥，他那可厌的面目，我想你们也都很认识他。他是无所不在的，他附在各个人的身上，他现在各个人的脸上。你望望你的朋友去，他们的脸上有他，你自己照镜子去，你的脸上，我想，也有他。可怕的枯燥，好比是一种毒剂，他一进了我们的血液，我们的性情，我们的皮肤就变了颜色，而且我怕是离着生命远，离着坟墓近的颜色。

我是一个信仰感情的人，也许我自己天生就是一个感情性的人。比如前几天西风到了，那天早上我醒的时候是冻着才醒过来的，我看着纸窗上的颜色比往常的淡了，我被窝里的肢体像是浸在冷水里似的，我也听见窗外的风声，吹着一棵枣树上的枯叶，一阵一阵的掉下来，在地上卷着，沙沙的发响，有的飞出了外院去，有的留在墙角边转着，那声响真像是叹气。我因此就想起这西风，冷醒了我的梦，吹散了树上的叶子，他那成绩在一般饥荒贫苦的社会里一定格外的惨。那天我出门的时候，果然见街上的情景比往常不同了，穷苦的老头小孩全躲在街角上发抖；他们迟早免不了树上枯叶子的命运。那一天我就觉得特别的闷，差不多发愁了。

　　因此我听着查先生说你们生活怎样的烦闷，怎样的干枯，我就很懂得，我就愿意来对你们说一番话。我的思想——如其我有思想——永远不是成系统的。我没有那样的天才。我的心灵的活动是冲动性的，简直可以说痉挛性的。思想不来的时候，我不能要他来，他来的时候，就比如穿上一件湿衣，难受极了，只能想法子把他脱下。我有一个比喻，我方才说起秋风里的枯叶；我可以把我的思想比作树上的叶子，时期没有到，他们是不很会掉下来的；但是到时期了，再要有风的力量，他们就只能一片一片的往下落；大多数也许是已经没有生命了的，枯了的，焦了的，但其中也许有几张还留着一点秋天的颜色，比如枫叶就是红的，海棠叶就是五彩的。这叶子实用是绝对没有的；但有人，比如我自己，就有爱落叶的癖好。他们初下来时颜色有很鲜艳的，但时候久了，颜色也变，除非你保存得好。所以我的话，那就是我的思想，也是与落叶一样的无用，至多有时有几痕生命的颜色就是了。你们不爱的尽可以随意的踩过，绝对不必理会；但也许有少数人有缘分的，不责备他们的无用，竟许会把他们捡起来揣在怀里，夹在书里，想延留他们幽澹的颜色。感情，真的感情，是难得的，是名贵的，是应当共有的；我们不应得拒绝感情，或是压迫感情，那是犯罪的行为，与压住泉眼不让上冲，或是掐住小孩不让喘气一样的犯罪。人在社会里本来是不相连续的个体。感情，先天的与后天的，是一种线索，一种经纬，把原来分散的个体织成有文章的整体。但有时线索也有破烂与涣散的时候，所以一个社会里必须有新的线索继续的产出，有破烂的地方去补，有涣散的地方去拉紧，才可以维持这组织大体的匀整，有时生产力特别加增时，我们就有机会或是推广，或是加添我们现有的面积，或是加密，像网球板穿双线似的，我们现成的组织，因为我们知道创造的势力与破坏的势力，建设与溃败的势力，上帝与撒旦的势力，是同时存在的。这两种势力是在一架天平上比着；他们很少平衡的时候，不是这头沉，就是那头沉。是的，人类的命运是在一架大天平上比着，一个巨大的黑影，那是我们集合的化身，在那里看着，他的手里满拿着分两的砝码，一会往这头送，一会又往那头送，地球尽转着，太阳，月亮，星，轮流的照着，我们的命运永远是在天平上称着。

　　我方才说网球拍，不错，球拍是一个好比喻。你们打球的知道网拍上哪里几根线是最吃重,最要紧,那几根线要是特别有劲的时候,不仅你对敌时拉球,抽球,拍球格外来的有力,出色,并且你的拍子也就格外的经用。少数特强的分子保持了全体的匀整。这一条原则应用到人道上,就是说,假如我们有力量加密,加强我们最普通的同情线,那线如其穿连得到所有跳动的人心时,那时我们的大网子就坚实耐用,天津人说的,就有根。不问天时怎样的坏,管他雨也罢,云也罢,霜也罢,风也罢,管他水流怎样的急,我们假如有这样一个强有力的大网子,哪怕不能在时间无尽的洪流里——早晚网起无价的珍品,哪怕不能在我们命运的天平上重重的加下创造的生命的分量?

所以我说真的感情,真的人情,是难能可贵的,那是社会组织的基本成分。初起也许只是一个人心灵里偶然的震动,但这震动,不论怎样的微弱,就产生了极远的波纹;这波纹要是唤得起同情的反应时,原来细的便并成了粗的,原来弱的便合成了强的,原来脆性的便结成了韧性的,像一缕缕的苎麻打成了粗绳似的;原来只是微波,现在掀成了大浪,原来只是山罅里的一股细水,现在流成了滚滚的大河,向着无边的海洋里流着。

感情是力量,不是知识。人的心是力量的府库,不是他的逻辑。有真感情的表现,不论是诗是文是音乐是雕刻或是画,好比是一块石子掷在平面的湖心里,你站着就看得见他引起的变化。没有生命的理论,不论他论的是什么理,只是拿石块扔在沙漠里,无非在干枯的地面上添一颗干枯的分子,也许掷下去时便听得出一些干枯的声响,但此外只是一大片死一般的沉寂了。所以感情才是成江成河的水泉,感情才是织成大网的线索。

但是我们自己的网子又是怎么样呢?现在时候到了,我们应当张大了我们的眼睛,认明白我们周围事实的真相。我们已经含糊了好久,现在再不容含糊的了。让我们来大声的宣布我们的网子是坏了的,破了的,烂了的;让我们痛快的宣告我们民族的破产,道德,政治,社会,宗教,文艺,一切都是破产了的。我们的心窝变成了蠹虫的家,我们的灵魂里住着一个可怕的大谎!那天平上沉着的一头是破坏的重量,不是创造的重量;是溃败的势力,不是建设的势力;是撒旦的魔力,不是上帝的神灵。霎时间这边路上长满了荆棘,那边道上涌起了洪水,我们头顶有骇人的声响,是雷霆还是炮火呢?我们周围有哭声与笑声,哭是我们的灵魂受污辱的悲声,笑是活着的人们疯魔了的狞笑,那比鬼哭更听的可怕,更凄惨。我们张开眼来看时,差不多更没有一块干净的土地,哪一处不是叫鲜血与眼泪冲毁了的；更没有平安的所在，因为你即使忘得了外面的世界，你还是躲不了你自身的烦闷与苦痛。不要以为这样混沌的现象是原因于经济的不平等，或是政治的不安定，或是少数人的放肆的野心。这种种都是空虚的，欺人自欺的理论，说着容易，听着中听，因为我们只盼望脱卸我们自身的责任，只要不是我的分，我就有权利骂人。但这是，我着重地说，怯懦的行为；这正是我说的我们各个人灵魂里躲着的大谎！你说少数的政客，少数的军人，或是少数的富翁，是现在变乱的原因吗？我现在对你说：先生，你错了，你很大的错了，你太恭维了那少数人，你太瞧不起你自己。让我们一致的来承认，在太阳普遍的光亮底下承认，我们各个人的罪恶，各个人的不洁净，各个人的苟且与懦怯与卑鄙！我们是与最肮脏的一样的肮脏，与最丑陋的一般的丑陋，我们自身就是我们命运的原因。除非我们能起拔了我们灵魂里的大谎，我们就没有救度；我们要把祈祷的火焰把那鬼烧净了去，我们要把忏悔的眼泪把那鬼冲洗了去，我们要有勇敢来承当罪恶；有了勇敢来承当罪恶，方有胆量来决斗罪恶。再没有第二条路走。如其你们可以容恕我的厚颜，我想念我自己近作的一首诗给你们听，因为那首诗，正是我今天讲的话的更集中的表现：——

一　毒　药

今天不是我唱歌的日子，我口边涎着狞恶的微笑，不是我说笑的日子，我胸怀间插着发冷光的利刃；相信我，我的思想是恶毒的，因为这世界是恶毒的，我的灵魂是黑暗的，因为太阳已经灭绝了光彩，我的声音是像坟堆里的夜鸮，因为人间已经杀尽了一切的和谐，我的口音像是冤鬼责问他的仇人，因为一切的恩已经让路给一切的怨；

但是相信我，真理是在我的话里，虽则我的话像是毒药，真理是永远不含糊的，虽则我的话里仿佛有两头蛇的舌，蝎子的尾尖，蜈蚣的触须；只因为我的心里充满着比毒药更强烈，比咒诅更狠毒，比火焰更猖狂，比死更深奥的不忍心与怜悯心与爱心，所以我说的话是毒性的，咒诅的，燎灼的，虚无的；

相信我，我们一切的准绳已经埋没在珊瑚土打紧的墓宫里，你们最劲冽的祭肴的香味也穿不透这严封的地层：一切的准则是死了的；

我们一切的信心像是顶烂在树枝上的风筝，我们手里擎着这迸断了的鹞线：一切的信心是烂了的；

相信我，猜疑的巨大的黑影，像一块乌云似的，已经笼盖着人间一切的关系：

人子不再悲哭他新死的亲娘，兄弟不再来携着他姊妹的手，朋友变成了寇仇，看家的狗回头来咬他主人的腿：是的，猜疑淹没了一切；

在路旁坐着啼哭的，在街心里站着的，在你窗前探望的，都是被奸污的处女：池潭里只见烂破的鲜艳的荷花；

这海是一个不安静的海，波涛猖獗地翻着，在每个浪头的小白帽上分明的写着人欲与兽性；

到处是奸淫的现象：贪心搂抱着正义，猜忌逼迫着同情，懦怯狎亵着勇敢，黑暗践踏着光明；

听呀，这一片残暴的声响；

虎狼在热闹的市街里，罪恶在你们深奥的灵魂里……

二　白　旗

来，跟着我来，拿一面白旗在你们的手里——不是上面写着激动怨毒，鼓励残杀字样的白旗，也不是涂着不洁净血液的标记的白旗，也不是画着忏悔与咒语的白旗（把忏悔画在你们的心里）；

你们排列着，噤声的，严肃的，像送丧的行列，不容许脸上留存一丝的颜色，一毫的笑容，严肃的，噤声的，像一队决死的兵士；

现在时辰到了，一齐举起你们手里的白旗，像举起你们的心一样，仰看着你们头顶的青天，不转瞬的，惶恐的，像看着你们自己的灵魂一样；

现在时辰到了，你们让你们熬着，壅着，迸裂着，滚沸着的眼泪流，直流，狂流，自由的流，痛快的流，尽兴的流，像山水出峡似的流，像暴雨倾盆似的流……

现在时辰到了，你们让你们咽着，压迫着，挣扎着，汹涌着的声音嚎，直嚎，狂嚎，放肆的嚎，凶狠的嚎，像飓风在大海波涛间的嚎，像你们丧失了最亲爱的骨肉时的嚎……

现在时辰到了，你们让你们回复了的天性忏悔，让眼泪的滚油煎净了的，让悲恸的雷霆震醒了的天性忏悔，默默的忏悔，悠久的忏悔，沉彻的忏悔，像冷峭的星光照落在一个寂寞的山谷，像一个黑衣的尼僧匍匐在一座金漆的神龛前；

……

在眼泪的沸腾里，在嚎恸的酣彻里，在忏悔的沉寂里，你们望见了上帝永久的威严。

三　婴　儿

我们要盼望一个伟大的事实出现，我们要守候一个馨香的婴儿出世：——你看他那母亲在她生产的床上受罪！

她那少妇的安详，柔和，端丽，现在在剧烈的阵痛里变形成不可信的丑恶：你看她那遍体的筋络都在她薄嫩的皮肤底里暴涨着，可怕的青色与紫色，像受惊的水青蛇在田沟里急泅似的，汗珠站在她的前额上像一颗颗的黄豆，她的四肢与身体猛烈的抽搐着，畸屈着，奋挺着，纠旋着，仿佛她垫着的席子是用针尖编成的，仿佛她的帐围是用火焰织成的；

一个安详的，镇定的，端庄的，美丽的少妇，现在在绞痛的惨酷里变形成魔鬼似的可怖：她的眼，一时紧紧的阖着，一时巨大的睁着，她那眼，原来像冬夜池潭里反映着的明星，现在吐露着青黄色的凶焰，眼珠像是烧红的炭火，映射出她灵魂最后的奋斗，她的唇，原来是朱红色的，现在像是炉底的冷灰，她的口颤着，撅着，扭着，死神的热烈的亲吻不容许她一息的平安，她的发是散披着，横在口边，漫在胸前。像揪乱的麻丝，她的手指间，还紧抓着几穗拧下来的乱发；

这母亲在她生产的床上受罪：——

但是她还不曾绝望，她的生命挣扎着血与肉与骨与肢体的纤微，在危崖的边沿上，抵抗着，搏斗着，死神的逼迫；

她还不曾放手，因为她知道（她的灵魂知道！）这苦痛不是无因的，因为她知道她的胎宫里孕育着一点比她自己更伟大的生命的种子，包含着一个比一切更永久的婴儿；

因为她知道这苦痛是婴儿要求出世的征候，是种子在泥土里爆裂成美丽的生命的消息，是她完成她自己生命的使命的机会；

因为她知道这忍耐是有结果的，在她剧痛的昏瞀中，她仿佛听着上帝准许人间祈祷的声音，她仿佛听着天使们赞美未来的光明的声音；

因此她忍耐着，抵抗着，奋斗着……她抵拼绷断她遍体的纤微，她要赎出在她胎宫里动荡着的生命，在她一个完全，美丽的婴儿出世的盼望中，最锐利，最沉酣的痛感逼成了最锐利最沉酣的快感……

这也许是无聊的希冀，但是谁不愿意活命，就使到了绝望最后的边沿，我们

也还要妄想希望的手臂从黑暗里伸出来挽着我们。我们不能不想望这苦痛的现在只是准备着一个更光荣的将来，我们要盼望一个洁白的肥胖的活泼的婴儿出世！

新近有两件事实，使我得到很深的感触。让我来说给你们听听。

前几时有一天俄国公使馆挂旗，我也去看了。加拉罕站在台上，微微地笑着，他的脸上发出一种严肃的青光，他侧仰着他的头看旗上升时，我觉着了他的人格的尊严，他至少是一个有胆有略的男子，他有为主义牺牲的决心，他的脸上至少没有苟且的痕迹，同时屋顶那根旗杆上，冉冉的升上了一片的红光，背着窈远没有一斑云彩的青天。那面簇新的红旗在风前料峭的袅荡个不定。这异样的彩色与声响引起了我异样的感想。是腼腆，是骄傲，还是鄙夷，如今这红旗初次面对着我们偌大的民族？在场人也有拍掌的，但只是断续的拍掌，这就算是我想我们初次见红旗的敬意；但这又是鄙夷，骄傲，还是惭愧呢？那红色是一个伟大的象征，代表人类史里最伟大的一个时期；不仅标示俄国民族流血的成绩，却也为人类立下了一个勇敢尝试的榜样。在那旗子抖动的声响里我不仅仿佛听出了这近十年来那斯拉夫民族失败与胜利的呼声，我也想象到百数十年前法国革命时的狂热，一七八九年七月四日那天巴黎市民攻破巴士梯亚牢狱时的疯癫。自由，平等，友爱！友爱，平等，自由！你们听呀，在这呼声里人类理想的火焰一直从地面上直冲破天顶，历史上再没有更重要更强烈的转变的时期。卡莱尔（Carlyle）在他的法国革命史里形容这件大事有三句名句，他说，"To describe this scene transcends the talent of mortals. After four hours of world bedlam it surrenders. The Bastille is down！"他说："要形容这一景超过了凡人的力量。过了四小时的疯狂他（那大牢）投降了。巴士梯亚是下了！"打破一个政治犯的牢狱不算是了不得的大事，但这事实里有一个象征。巴士梯亚是代表阻碍自由的势力，巴黎市民的攻击是代表全人类争自由的势力，巴士梯亚的"下"是人类理想胜利的凭证。自由，平等，友爱！友爱，平等，自由！法国人在百几十年前猖狂的叫着。这叫声还在人类的性灵里荡着。我们不好像听见吗，虽则隔着百几十年光阴的旷野。如今凶恶的巴士梯亚又在我们的面前堵着；我们如其再不发疯，他那牢门上的铁钉，一个个都快刺透我们的心胸了！

这是一件事，还有一件是我六月间伴着泰戈尔到日本时的感想。早七年我过太平洋时曾经到东京去玩过几个钟头，我记得到上野公园去，上一座小山去下望东京的市场，只见连绵的高楼大厦，一派富盛繁华的景象。这回我又到上野去了，我又登山去望东京城了,那分别可太大了!房子,不错,原是有的;但从前是几层楼的高房,还有不少有名的建筑,比如帝国剧场、帝国大学等等,这次看见的,说也可怜,只是薄皮松板暂时支着应用的鱼鳞似的屋子,白松松的像一个乱发的花头,再没有从前那样富盛与繁华的气象。十九的城子都是叫那大地震吞了去烧了去的。我们站着的地面平常看是再坚实不过的,但是等到他起兴时小小的翻一个身,或是微微的张一张口,我们脆弱的文明与脆弱的生命就够受。我们在中国的差不多是不能想着世界上,在醒着的不是梦里的世界上,竟可以有那样的大灾难。我们中国人是在灾难里讨生活的,水,旱,刀兵,盗劫,哪一样没有,但是我敢说我们所有的灾难合起来也抵不上我们邻居一年前遭受的大难。那事情的可怕,我敢说是超过了人类忍受力的止境。我们国内居然有人以日本人这次大灾为可喜的,说他们活该,我真要请协和医院大夫用X光检查一下他们那几位,究竟他们是有没有心肝的。因为在可怕的命运的面前,我们人类的全体只是一群在山里逢着雷霆风雨时的绵羊,哪里还能容什么种族政治等等的偏见与意气?我来说一点情形给你们听听,因为虽则你们在报上看过极详细的记载,不曾亲自察看过的总不免有多少距离的隔膜。我自己未到日本前与看过日本后,见解就完全的不同。你们试想假定我们今天在这里集会,我讲的,你们听的,假如日本那把戏轮着我们头上来时,要不了滴答滴答滴答的三秒钟我与你们与讲台与屋子就永远诀别了地面,像变戏法似的,影踪都没了。那是事实,横滨有好几所五六层高的大楼,全是在三四秒时间内整个儿与地面拉一个平,全没了。你们知道圣书里面形容天降大难的时候,不要说本来脆弱的人类完全放弃了一切的虚荣,就是最猛鸷的野兽与飞禽也会在霎时间变化了性质,老虎会像小猫似的挨着你躲着,利喙的鹰鹞会得躲入鸡棚里去窝着,比鸡还要驯服。在那样非常的变动时,他们也好似觉悟了这彼此同是生物的亲属关系,在天怒的跟前同是剥夺了抵抗力的小虫子,这里面就发生了同命运的同情。你们试想就东京一地说,二三百万的人口,几十百年辛勤的成绩,突然的面对着最后审判的实在,就在今天我们回想起当时他们全城子像一个滚沸的油锅时的情景,原来热闹的市场变成了光焰万丈的火盆,在这里而人类最集中的心力与体力的成绩全变了燃料,在这里而艺术教育政治社会人的骨与肉与血都化成了灰烬,还有百十万男女老少的哭嚷声,这哭声本体就可以摇动天地,——我们不要说亲身经历,就是坐在椅子上想象这样不可信的情景时,也不免觉得害怕不是?那可不是顽儿的事情。单只描写那样的大变,恐怕至少就需要荷马或是莎士比亚的天才。你们试想在那时候,假如你们亲身经历时,你的心理该是怎么样?你还恨你的仇人吗?你还不饶恕你的朋友吗?你还沾恋你个人的私利吗?你还有欺哄人的机会吗?你还有什么希望吗?你还不搂住你身旁的生物,管他是你的妻子,你的老子,你的听差,你的妈,你的冤家,你的老妈子,你的猫,你的狗,把你灵魂里还剩下的光明一齐放射出来,和着你同难的同胞在这普遍的黑暗里来一个最后的结合吗?

但命运的手段还不是那样的简单。他要是把你的一切都扫灭了,那倒也是一个痛快的结束;他可不然。他还让你活着,他还有更苛刻的试验给你。大难过了,你还喘着气;你的家,你的财产,都变了你脚下的灰,你的爱亲与妻与儿女的骨肉还有烧不烂的在火堆里燃着,你没有了一切;但是太阳又在你的头上光亮的照着,你还是好好的在平定的地面上站着,你疑心这一定是梦,可又不是梦,因为不久你就发现与你同难的人们,他们也一样的疑心他们身受的是梦。可真不是梦;是真的。你还活着,你还喘着气,你得重新来过,根本的完全的重新来过。除非是你自愿放手,你的灵魂里再没有勇敢的分子。那才是你的真试验的时候。这考卷可不容易交了,要到那时候你才知道你自己究竟有多大能耐,值多少,有多少价值。

我们邻居日本人在灾后的实际就是这样。全完了,要来就得完全来过,尽你己身的力量不够,加上你儿子的,你孙子的,你孙子的儿子的儿子的孙子的努力也许可以重新撑起这份家私,但在这努力的经程中,谁也保不定天与地不再捣乱;你的几十年只要他的几秒钟。问题所以是你干不干?就只干脆的一句话,你干不干,是或否?同时也许无情的运命,扭着他那丑陋可怕的脸子在你的身旁冷笑,等着你最后的回话。你干不干,他仿佛也涎着他的怪脸问着你!

我们勇敢的邻居们已经交了他们的考卷;他们回答了一个干脆的干字,我们不能不佩服。我们不能不尊敬他们精神的人格。不等那大震灾的火焰缓和下去,我们邻居们第二次的奋斗已经庄严地开始了。不等命运的残酷的手臂松放,他们已经宣言他们积极的态度对命运宣战。这是精神的胜利,这是伟大,这是证明他们有不可摇的信心,不可动的自信力;证明他们是有道德的与精神的准备的,有最坚强的毅力与忍耐力的,有内心潜在着的精力的,有充分的后备军的,好比说,虽则前敌一起在炮火里毁了,这只是给他们一个出马的机会。他们不但不悲观,不但不消极,不但不绝望,不但不矮着嗓子乞怜,不但不倒在地下等救,在他们

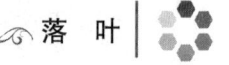

看来这大灾难,只是一个伟大的戟刺,伟大的鼓励,伟大的灵感,一个应有的试验,因此他们新来的态度只是双倍的积极,双倍的勇猛,双倍的兴奋,双倍的有希望;他们仿佛是经过大战的大将,战阵愈急迫愈危险,战鼓愈打得响亮,他的胆量愈大,往前冲的步子愈紧,必胜的决心愈强。这,我说,真是精神的胜利,一种道德的强制力,伟大的,难能的,可尊敬的,可佩服的。泰戈尔说的,国家的灾难,个人的灾难,都是一种试验:除是灾难的结果压倒了你的意志与勇敢,那才是真的灾难,因为你更没有翻身的希望。

这也并不是说他们不感觉灾难的实际的难受,他们也是人,他们虽勇,心究竟不是铁打的。但他们表现他们痛苦的状态是可注意的;他们不来零碎的呼叫,他们采用一种雄伟的庄严的仪式。此次震灾的周年纪念时,他们选定一个时间,举行他们全国的悲哀;在不知是几秒或几分钟的期间内,他们全国的国民一致的静默了,全国民的心灵在那短时间内融合在一阵忏悔的,祈祷的,普遍的肃静里(那是何等的凄伟!);然后,一个信号打破了全国的静默,那千百万人民又一致的高声悲号,悲悼他们曾经遭受的惨运;在这一声弥漫的哀号里,他们国民,不仅发泄了蓄积着的悲哀,这一声长号,也表明他们一致重新来过的伟大的决心(这又是何等的凄伟!)。

这是教训,我们最切题的教训。我个人从这两件事情——俄国革命与日本地震——感到极深刻的感想;一件是告诉我们什么是有意义有价值的牺牲,那表面紊乱的背后坚定的站着某种主义或是某种理想,激动人类潜伏着一种普遍的想望,为要达到那想望的境界,他们就不顾冒怎样剧烈的险与难,拉倒已成的建设踏平现有的基础,抛却生活的习惯,尝试最不可测量的路子。这是一种疯癫,但是有目的的疯癫;单独的看,局部的看,我们尽可以下种种非难与责备的批评。但全部的看,历史的看时,那原来纷乱的就有了条理,原来散漫的就成了片段,甚至于在经程中一切反理性的分明残暴的事实,都有了他们相当的应有的位置,在这部大悲剧完成时,在这无形的理想"物化"成事实时,在人类历史清理结账时,所得便超过所出,盈余至少是盖得过损失的。我们现在自己的悲惨就在问题不集中,不清楚,不一贯;我们缺少——用一个现成的比喻——那一面半空里升起来的彩色旗(我不是主张红旗我不过比喻罢了!)使我们有眼睛能看的人都不由的不仰着头望;缺少那青天里的一个霹雳,使我们有耳朵能听的不由的惊心。正因为缺乏这样一个一贯的理想与标准(能够表现我们潜在意识所想望的),我们有的那一部疯癫性——历史上所有的大运动都脱不了疯癫性的成分——就没有机会充分的外现，我们物质生活的累赘与沾恋，便有力量压迫住我们精神性的奋斗；不是我们天生不肯牺牲，也不是天生懦怯，我们在这时期内的确不曾寻着值得或是强迫我们牺牲的那件理想的大事，结果是精力的散漫，志气的怠惰，苟且心理的普遍，悲观主义的盛行，一切道德标准与一切价值的毁灭与埋葬。

人原来是行为的动物，尤其是富有集合行为力的，他有向上的能力，但他也是最容易堕落的，在他眼前没有正当的方向时，比如猛兽监禁在铁笼子里。在他的行为力没有发展的机会时，他就会随地躺了下来，管他是水潭是泥潭，过他不黑不白的猪奴的生活。这是最可惨的现象，最可悲的趋向。如其我们容忍这种状态继续存在时，那时每一对父母每次生下一个洁净的小孩，只是为这卑劣的社会多添一个堕落的分子，那是莫大的亵渎的罪业；所有的教育与训练也就根本的失去了意义，我们还不如盼望一个大雷霆下来毁尽了这三江或四江流域的人类的痕迹！

再看日本人天灾后的勇猛与毅力，我们就不由的不惭愧我们的穷，我们的乏，我们的寒碜。这精神的穷乏才是真可耻的，不是物质的穷乏。我们所受的苦难都还不是我们应有的试验的本身，那还差得远着哪；但是我们的丑态已经恰好与人家的从容成一个对照。我们的精神生活没有充分的涵养，所以临着稀小的纷扰便没有了主意，像一个耗子似的，他的天才只是害怕，他的伎俩只是小偷；又因为我们的生活没有深刻的精神的要求，所以我们合群生活的大网子就缺少最吃分量最经用的那几条普遍的同情线，再加之原来的经纬已经到了完全破烂的状态，这网子根本就没有了联结，不受外物侵损时已有溃散的可能，哪里还能在时代的急流里，捞起什么有价值的东西？

难怪悲观主义变成了流行的时髦！但我们年轻人，我们的身体里还有生命跳动，脉管里多少还有鲜血的年轻人，却不应当沾染这最致命的时髦，不应当学那随地躺得下去的猪，不应当学那苟且专家的耗子，现在时候逼迫了，再不容我们刹那的含糊。我们要负我们应负的责任，我们要来补织我们已经破烂的大网子，我们要在我们各个人的生活里抽出人道的同情的纤微来合成强有力的绳索，我们应当发现那适当的象征，像半空里那面大旗似的，引起普遍的注意；我们要修养我们精神的与道德的人格，预备忍受将来最难堪的试验。简单的一句话，我们应当在今天——过了今天就再没有那一天了——宣布我们对于生活基本的态度。是是还是否；是积极还是消极；是生道还是死道；是向上还是堕落？在我们年轻人一个字的答案上就挂着我们全社会的运命的决定。我盼望我至少可以代表大多数青年，在这篇讲演的末尾，高叫一声——用两个有力量的外国字——

"Everlasting yea！"

泰山日出

　　振铎来信要我在《小说月报》的"泰戈尔号"上说几句话。我也曾答应了，但这一时游济南游泰山游孔陵，太乐了，一时竟拉不拢心思来做整篇的文字，一直挨到现在期限快到，只得勉强坐下来，把我想得到的话不整齐的写出。

　　我们在泰山顶上看出太阳。在航过海的人，看太阳从地平线下爬上来，本不是奇事；而且我个人是曾饱饫过江海与印度洋无比的日彩的。但在高山顶上看日出，尤其在泰山顶上，我们无餍的好奇心，当然盼望一种特异的境界，与平原或海上不同的。果然，我们初起时，天还暗沉沉的，西方是一片的铁青，东方些微有些白意，宇宙只是——如用旧词形容——一体莽莽苍苍的。但这是我一面感觉劲烈的晓寒，一面睡眼不曾十分醒豁时约略的印象。等到留心回览时，我不由得大声的狂叫——因为眼前只是一个见所未见的境界。原来昨夜整夜暴风的工程，却砌成一座普遍的云海。除了日观峰与我们所在的玉皇顶以外，东西南北只是平铺着弥漫的云气，在朝旭未露前，宛似无量数厚氄长绒的绵羊，交颈接背的眠着，卷耳与弯角都依稀辨认得出。那时候在这茫茫的云海中，我独自站在雾霭溟蒙的小岛上，发生了奇异的幻想——

　　我躯体无限的长大，脚下的山峦比例我的身量，只是一块拳石；这巨人披着散发，长发在风里像一面墨色的大旗，飒飒的在飘荡。这巨人竖立在大地的顶尖上，仰面向着东方，平拓着一双长臂，在盼望，在迎接，在催促，在默默的叫唤；在崇拜，在祈祷，在流泪——在流久慕未见而将见悲喜交互的热泪……

　　这泪不是空流的，这默祷不是不生显应的。

　　巨人的手，指向着东方——

东方有的，在展露的，是什么？

东方有的是瑰丽荣华的色彩，东方有的是伟大普照的光明——出现了，到了，在这里了……

玫瑰汁、葡萄浆、紫荆液、玛瑙精、霜枫叶——大量的染工，在层累的云底工作；无数蜿蜒的鱼龙，爬进了苍白色的云堆。

一方的异彩，揭去了满天的睡意，唤醒了四隅的明霞——光明的神驹，在热奋地驰骋……

云海也活了；眠熟了兽形的涛澜，又回复了伟大的呼啸，昂头摇尾的向着我们朝露染青馒形的小岛冲洗，激起了四岸的水沫浪花，震荡着这生命的浮礁，似在报告光明与欢欣之临莅……

再看东方——海句力士已经扫荡了他的阻碍，雀屏似的金霞，从无垠的肩上产生，展开在大地的边沿。起……起……用力，用力。纯焰的圆颅，一探再探地跃出了地平，翻登了云背，临照在天空……

歌唱呀，赞美呀，这是东方之复活，这是光明的胜利……

散发祷祝的巨人，他的身彩横亘在无边的云海上，已经渐渐的消翳在普遍的欢欣里；现在他雄浑的颂美的歌声，也已在霞彩变幻中，普彻了四方八隅……

听呀，这普彻的欢声；看呀，这普照的光明！

这是我此时回忆泰山日出时的幻想，亦是我想望泰戈尔来华的颂词。

鬼 话

慧珈，我只是自然崇拜者。我生平教育之校择者，都从眷爱自然得来。但看我眼中有夏星与秋月；我感情有山岭之雄厚，仿佛大川之潮澜；我思想似山涧之清，似海之阔，似雷电之迅，似枝头好鸟之妙舌；我肢体似雏鹿，似春草，似春云；我想象似电似金似火，有天堂之瑰丽，有地狱之诡幻，有春日之和，有秋花之艳；我爱情如蜜，如蚕丝之不绝，如瀑，如常青之松柏，如石之坚，如月之秘。

慧珈，我只是个自然崇拜者。我以为自然界种种事物，不论其细如涧石，暂如花，黑如炭，明如秋月，皆孕有甚深之意义，皆含有不可理解之神秘，皆为至美之象征。我爱汝,因汝亦美之征,我实隐敬畏汝,因汝亦具神之秘。

汝手挽我臂,及汝行稍倦,我将以手承汝腰。

假令汝蹇不能行,我手必常承汝不辍;假令我盲不能视,汝亦必以至媚之词,状星与月与涧瀑,以娱我常阙之视。月或有盈昃,潮或有涨落,然我不能想象汝我历千难万苦所凝成之恋晶,遭受毫芒之挫损。慧珈,汝我肉虽各体,灵已相和,嘻!汝其东望!美漪初升之满月,至烈至大,披靡云翳,若劲风铲叶。慧珈,忆否年前汝我之奋斗生涯,大敌小寇,巨难隐挫之梗汝我成功之径者,指不可尽数,然美满卒生于黑暗,若潜涧之骤睹光明,若此满月之出雾锢,自此长天晴朗,安行无碍。慧珈,汝试以手觉我心搏,此方寸灵府碎而复全者再再三三,即汝手,此纤纤柔荏之手,亦尝亲傅利刃其中,幸而未殊,然草木不因春荣而怨冬杀,我慧珈仁勇犹天,即使寸寸磔我,成尘成灰,以散入广漠,我魂而有知,犹且感恋,况灾难终解,幸福大来,汝纤美之手,此日竟抚我怀,汝最美丽之灵魂,我竟敢呼为己有。慧珈,我乐良不可支,愿月常圆,愿汝常美,汝泪又盈盈汝眶,月辉出林我视甚清,可爱者泪也,我常呼为人间无价之珍珠。我慧,汝不见我睫亦湿,然今夕彼此怀欢,不能复如春间,在汝园前梨花荫下之交泪成流也。顾汝泪已粗,颓然欲滴,无已容我热吻,咽此情珠。慧乎,汝应登记,汝泪又一度济我情渴,听否桥下涧声凿凿,似讽似妒,且复前进何似?

梵王宫殿月轮高,碧琉璃瑞烟笼罩。

慧珈,汝我真身入仙境矣,如此琉璃,如此昭庙,如此寒烟,如此明月,慧珈吾爱,且为奈何此良宵。李长吉当此冬夜,必念"火井温泉",太白在世,当不吝质裘换酒,然我有慧珈在手,我有慧珈在心,长生情焰,燎尽寒愁,况有蜜吻,何羡浓醪。

慧,汝见否昭庙前盘根巨干,决垣破垒而出,宁其难,不屈其性,美哉勇士,来岁春荣时,再来当以花冠宠之。

慧,不意冬令清温如此,干草生香,松馨可嗅,此道引向双清,引向玉乳,然汝我不如赴彼新亭一"看云起",半山凉橡,早动我攀登之念,然前昨游山,屐总北向,何如此夕,慰彼寂寥。且月轮正倚此峰下窥,溯影上寻,别饶逸趣,汝但密抱我袖,当减援蹬之乏,但小心足下,勿为莽棘所扰,勿使乱石为踣,此

境清幽圣洁，即有山鬼，亦必雅驯，不敢孟浪我钟爱之麋。

慧，我爱幽秘，不矜明显，故爱月色，甚于昭阳；我童年见月，每每滴泪，但感其悲，不知何以，即今新愁未起，欢满衷肠，然徘徊之顷，便可写泪，大概感美动情，因情生泪，乐之与悲，原相交络，即我与汝年来恋迹，他人视为温柔享尽，然我初不知有无悲之欢，无泪之会。汝我回顾来踪，青茵馥郁，何莫非清泪所滋培，即此往夷路从容，亦岂能循庸福之安步。佛说色即是空，空即是色，世俗谬解，负色负空。我谓从空中求色，乃为真色，从色求空，乃得真空；色，情也恋也，空，想象之神境也。汝我自诩识真，舍心在远，岂能局促于皮肉饮食之间哉。

故我爱月，即谓爱其幽秘也可。试看此林此谷，若无秘意，便无神趣。昙花泡影之美，正在其来之神，其潜之秘。世每以优昙比人生，设想甚美，然结论以惟其暂忽，应避空虚，则其谬可诛，其愚可怜。人生本非优昙，独见真见美之一俄顷，真生命之消息，乃如电光之涌现，彼牧奴，彼市贾，彼政客，惟日营营于货利泥涸，宁知生命宁有生命，复何优昙之可言。且生命诚是幻境，善生者不虑幻境之易灭，而惟恐其一灭而不复生，苟能如日之出没，生命之优昙朝荣而莫殊，生命之幻境，常绝亦常生，旦旦有希望，息息是危机，（则不其为生命之王欤？）世即有荣华，复何羡？

故我崇拜幽秘，崇拜月，崇拜月夜，夜亦自然之尤秘者，我爱夜，我爱星夜，我爱无星之夜，我爱黑暗中之微芒，我爱星芒下之黑夜。幽秘尤为赋予生命之原素。慧，汝不云乎，西山莫色，钝如铅，呆若木鸡。方初星之未露，方维纳丝之未现，天圜若冢盖，地偃若古尸，沙云谐色，松柏无声，几疑是沉沉者方且终古，然及明星之独兴，顿转钝氲为凉霭，生命复起于沉寂，泄露宇宙生生无已之精神。因其闪耀，因其纯辉，远山近树，并感神明，一若内受神动，回舞欢欣，即石上枯藤，涧底残水，亦似耿耿欲为吟舞，颂美景良辰。慧，汝常爱独凭小牖，默察蓝空，静伺星起。一若展瞭春野，于一涨纯粹之中，忽见罗兰如目，粲笑相迎，讶喜未定，诸鬟并出，星定无极，一体神灵。尔时汝慧心频跃，喜溢长眉，慧珈我爱，汝非凡种，汝来本自神阙，我常有想，天上七星，列汝秀额，无怪汝爱星甚于爱珍，妙盼常在祥云缥缈之间。

慧，枯荆果茧，汝行，刺不深否？是藤卷亦大可怜，经霜往雪，色剥根殊，但亘道际，仰啜星光，偶当游踵，辄前纠搂，其意可怜，其情可悯。然汝无端遭刺，痛即不深，亦算小恼，然为常为变，莫非因缘，不如展汝慈腕，温抚而撤置之，彼若有灵，亦当感愧。

慧，汝闻涧声否，似是双清之裔。今冬不冷，泉涧少封，况受星月之惠，流光绰约，宜其韵节连绵，欢惬生平。我尝称山涧为自然界之忠臣义士，自然界之多情种子，休道此潺潺一曲，其来远在云天高处，不知需经过几层地狱，冲度多少林菁，洗磨千万个石堁，涤净几万条荇草，几度幽咽，几番喟息，然其精灵所系，永失勿萱，任难任险，一往无前；慧，汝不尝见流涧合湖，音色并谐，此真克践素愿之欢憬，正不让汝我此夕之踏月林边也。

慧，"看云起"已可望见，月正初卸云衣，散辉如雪蕊缤纷，汝我试立岩松中望月洗之香山，从黑处望光明，益见光明之妩媚，况此尤为神秘之光明。

慧我爱友，汝不感我肢体微震乎？方我见美，神经似感烈电，但觉纤微狂舞，人格辄欲解化，我今又神荡矣！

莎翁尝言，事汝不尝强聒汝客以所恋之誉，汝意未纯，我今欲赋月美以证我恋。慧，汝每讽我以神经逾分之词来相颂汝。然汝当知，苟我不尝因意恋而感神明，则我爱良不足数；我唯从汝纯美的人格中，得窥神圣之奥义，得起悟神禁之境界，故我不得不神汝而圣汝，非滥文字以为夸也。慧乎，汝永为九天明烛，照我入信仰之门！况人道之粹即是神经，神经固人类应有之德。世之猥俗，正生教育习惯之惨埋圣源，汝精神身体之皎洁神明，正不让前峰满月，慧，汝当知吾言之非过誉也。

请为汝颂月：与其谓日为美之象，不如称之为慈悲之征。吾国诗人莫不咏月，然皆止于写态绘形而无深切之同情。惟唐诗"今夜月明人尽望，不知秋思在谁家"韵味俱长，可谓随手捡得之宝石。盖月之秘，月之美，月之人道，正在其慨锡慈辉，慰旅人之倦，慰夜莺之寂，慰倚阑啜泣之少女，慰石间独秀之野花。时或轻披帘幕，俯吻眠熟之婴孩，河边沉思之诗人，时或仰天默祷明辉照泪，粲若露珠。天真纯洁之孩童，见天上疾驶之圆艇而啼求焉，而展腴白之小手，以搂清光于怀以示爱焉；此月之秘，此月之美，此月之人道，月之慈悲之效也。我因而每见明月愈不能自折其悲，不能自制其泪，然悲怀益深，泪落益多，而得慰，得灵魂之安慰，亦愈深且多。慧，汝最知此秘，吾不尝谓汝毋愿我泣，泣实慰我。

美哉月！此圆此洁，此自由自在，惠地不疑，行天无碍。美哉神话！

此高立婆娑者非玉桂乎，此瞿瞿欲动者非嫦娥之蟾乎，兔乎。彼捣玄霜者，何其春之迁徐,广寒之宫禁,何常靳而不启?慧,然汝喜科学,问言天文者月何似,使即量镜而望月,则向之婆娑者今圢侈为谷骸,为岩髅,向之灵动者今僵寂如石沟,如败橡,向妍媚流盼如少女,今皱颊丑首如老妇,予我慰使我爱者,今骇我视惑我思,向之神秘,向之美,今变为科学之事实,幻象消而美秘俱逝。以此视焚琴煮鹤,其煞风景为何似?慧,设汝有择于真灵之间,汝将焉取?虽然,科学何足以知月,量镜何足以知月,唯见事物之灵者,乃见其真,故讶月之秘之美,而月之真已全。汝不知开慈之——Endymion,全诗实一月赋,证美而真目显,宇宙间有途程,理暗文捷,文所不能行,独真觉之灵翼乃得突击而过者,此其一也。开慈之言曰:"我年益长,月之和丽我情热者亦益切;汝犹深谷;汝独山巅;汝犹圣贤之慧笔,诗人之琴,知己之声音,中天之日;汝犹大口,犹凯得之光荣;汝犹我临阵之鼓角,之战驹,我承美酒之古爵,最高明之勋业;汝犹妇人之媚,汝可爱之明月!"

泰戈尔

我有几句话想趁这个机会对诸君讲,不知道你们有没有耐心听。泰戈尔先生快走了,在几天内他就离别北京,在一两个星期内他就告辞中国。他这一去大约是不会再来的了。也许他永远不能再到中国。

他是六七十岁的老人,他非但身体不强健,他并且是有病的。去年秋天他还发了一次很重的骨痛热病。所以他要到中国来,不但他的家属,他的亲戚朋友,他的医生,都不愿意他冒险,就是他欧洲的朋友,比如法国的罗曼·罗兰,也都有信去劝阻他。他自己也曾经踌躇了好久,他心里常常盘算他如其到中国来,他究竟能不能够给我们好处,他想中国人自有他们的诗人、思想家、教育家,他们有他们的智慧,天才,心智的财富与营养,他们更用不着外来的补助与戟刺,我只是一个诗人,我没有宗教家的福音,没有哲学家的理论,更没有科学家实利的效用,或是工程师建设的才能,他们要我去做什么,我自己又为什么要去,我有什么礼物带去满足他们的盼望!他真的很觉得迟疑,所以他延迟了他的行期。但是他也对我们说到冬天完了,春风吹动的时候(印度的春风比我们的吹得早),他不由的感觉了一种内迫的冲动,他面对着逐渐滋长的青草与鲜花,不由的抛弃了、忘却了他应尽的职务，不由的解放了他的歌唱的本能，和着新来的鸣雀，在柔软的南风中开怀的讴吟。同时他收到我们催请的信，我们青年盼望他的诚意与热心，唤起了老人的勇气。他立即定夺了他东来的决心。他说趁我暮年的肢体不曾僵透，趁我衰老的心灵还能感受，绝不可错过这最后唯一的机会，这博大、从容、礼让的民族，我幼年时便发心朝拜，与其将来在黄昏寂静的境界中萎衰的惆怅，毋宁利用这夕阳未暝时的光芒，了却我晋香人的心愿？

他所以决意的东来，他不顾亲友的劝阻，医生的警告，不顾自身的高年与病体，他也撇开了在本国一切的任务，跋涉了万里的海程，他来到了中国。

自从四月十二在上海登岸以来，可怜老人不曾有过一半天完整的休息，旅行的劳顿不必说，单就公开的演讲以及较小集会时的谈话，至少也有了三四十次！他的，我们知道，不是教授们的讲义，不是教士们的讲道，他的心府不是堆积货品的栈房，他的辞令不是教科书的喇叭。他是灵活的泉水，一颗颗颤动的圆珠从他心里兢兢的泛登水面，都是生命的精液；他是瀑布的吼声，在白云间，青林中，石罅里，不住的欢响；他是百灵的歌声，他的欢欣、愤慨、响亮的谐音，弥漫在无际的晴空。但是他是倦了。终夜的狂歌已经耗尽了子规的精力，东方的曙色亦照出他点点的心血染红了蔷薇枝上的白露。

老人是疲乏了。这几天他睡眠也不得安宁，他已经透支了他有限的精力。他差不多是靠散拿吐瑾过日的。他不由的不感觉风尘的厌倦，他时常想念他少年时在恒河边沿拍浮的清福，他想望椰树的清荫与曼果的甜瓢。

但他还不仅是身体的疲劳，他也感觉心境的不舒畅。这是很不幸的。我们做主人的只是深深的负歉。他这次来华，不为游历，不为政治，更不为私人的利益，他熬着高年，冒着病体，抛弃自身的事业，备尝行旅的辛苦，他究竟为的是什么？他为的只是一点看不见的情感。说远一点，他的使命是在修补中国与印度两民族间中断千余年的桥梁；说近一点，他只想感召我们青年真挚的同情。因为他是信仰生命的，他是尊崇青年的，他是歌颂青春与清晨的，他永远指点着前途的光明。悲悯是当初释迦牟尼证果的动机，悲悯也是泰戈尔先生不辞艰苦的动机。现代的文明只是骇人的浪费，贪淫与残暴，自私与自大，相猜与相忌，飘风似的倾覆了人道的平衡，产生了巨大的毁灭。芜秽的心田里只是误解的蔓草，毒害同情的种子，更没有收成的希冀。在这个荒惨的境地里，难得有少数的丈夫，不怕阻难，不自馁怯，肩上扛着铲除误解的大锄，口袋里满装着新鲜人道的种子，不问天时

是阴是雨是晴,不问是早晨是黄昏是黑夜,他只是努力的工作,清理一方泥土,施殖一方生命,同时口唱着嘹亮的新歌,鼓舞在黑暗中将次透露的萌芽。泰戈尔先生就是这少数中的一个。他是来广布同情的,他是来消除成见的。我们亲眼见过他慈祥的阳春似的表情,亲耳听过他从心灵底里迸裂出的大声,我想只要我们的良心不曾受恶毒的烟煤熏黑,或是被恶浊的偏见污抹,谁不曾感觉他至诚的力量,魔术似的,为我们生命的前途开辟了一个神奇的境界,燃点了理想的光明?所以我们也懂得他的深刻的懊怅与失望,如其他知道部分的青年不但不能容纳他的灵感,并且存心的诬毁他的热忱。我们固然奖励思想的独立,但我们绝不敢附和误解的自由。他生平最满意的成绩就在他永远能得青年的同情,不论在德国,在丹麦,在美国,在日本,青年永远是他最忠心的朋友。他也曾经遭受种种的误解与攻击,政府的猜疑与报纸的诬捏与守旧派的讥评,不论如何的谬妄与剧烈,从不曾扰动他优容的大量,他的希望,他的信仰,他的爱心,他的至诚,完全的托付青年。我的须,我的发是白的,但我的心却永远是青的,他常常的对我们说,只要青年是我的知己,我理想的将来就有着落,我乐观的明灯永远不致黯淡。他不能相信纯洁的青年也会坠落在怀疑、猜忌、卑琐的泥溷,他更不能信中国的青年也会沾染不幸的污点。他真不预备在中国遭受意外的待遇。他很不自在,他很感觉异样的怆心。

因此精神的懊丧更加重他躯体的倦劳。他差不多是病了。我们当然很焦急的期望他的健康,但他再没有心境继续他的讲演。我们恐怕今天就是他在北京公开讲演最后的一个机会。他有休养的必要。我们也绝不忍再使他耗费有限的精力。他不久又有长途的跋涉,他不能不有三四天完全的养息。所以从今天起,所有已经约定的集会,公开与私人的,一概撤销,他今天就出城去静养。

我们关切他的一定可以原谅,就是一小部分不愿意他来作客的诸君也可以自喜战略的成功。他是病了,他在北京不再开口了,他快走了,他从此不再来了。但是同学们,我们也得平心的想想,老人到底有什么罪,他有什么负心,他有什么可容赦的犯案?公道是死了吗,为什么听不见你的声音?

他们说他是守旧,说他是顽固。我们能相信吗?他们说他是"太迟",说他是"不合时宜",我们能相信吗?他自己是不能信,真的不能信。他说这一定是滑稽家的反调。他一生所遭逢的批评只是太新,太早,太急进,太激烈,太革命的,太理想的,他六十年的生涯只是不断的奋斗与冲锋,他现在还只是冲锋与奋斗。但是他们说他是守旧,太迟,太老。他顽固奋斗的对象只是暴烈主义、资本主义、帝国主义、武力主义、杀灭性灵的物质主义;他主张的只是创造的生活,心灵的自由,国际的和平,教育的改造,普爱的实现。但他们说他是帝国政策的间谍,资本主义的助力,亡国奴族的流民,提倡裹脚的狂人!肮脏是在我们的政客与暴徒的心里,与我们的诗人又有什么关系?昏乱是在我们冒名的学者与文人的脑里,与我们的诗人又有什么亲属?我们何妨说太阳是黑的,我们何妨说苍蝇是真理?同学们,听信我的话,像他的这样伟大的声音我们也许一辈子再不会听着的了。留神目前的机会,预防将来的惆怅!他的人格我们只能到历史上去搜寻比拟。他的博大的温柔的灵魂我敢说永远是人类记忆里的一次灵迹。他的无边的想象是辽阔的同情使我们想起惠特曼;他的博爱的福音与宣传的热心使我们记起托尔斯泰;他的坚忍的意志与艺术的天才使我们想起造摩西像的米开朗基罗;他的诙谐与智慧使我们想象当年的苏格拉底与老聃;他的人格的和谐与优美使我们想念暮年的歌德;他的慈祥的纯爱的抚摩,他的为人道不厌的努力,他的磅礴的大声,有时竟使我们唤起救主的心像;他的光彩,他的音乐,他的雄伟,使我们想念奥林匹克山顶的大神。他是不可侵凌的,不可逾越的,他是自然界的一个神秘的现象。他是三春和暖的南风,惊醒树枝上的新芽。他是普照的阳光。他是一派浩瀚的大水,从来不可追寻的渊源,在大地的怀抱中终古的流着,不息的流着,我们只是两岸的居民,凭借这慈恩的天赋,灌溉我们的田稻,疏解我们的消渴,洗净我们的污垢。他是喜马拉雅积雪的山峰,一般的崇高,一般的纯洁,一般的壮丽,一般的高傲,只有无限的青天枕藉他银白的头颅。

人格是一个不可错误的实在,荒歉是一件大事,但我们是饿惯了的,只认鸠形与鹊面是人生本来的面目,永远忘却了真健康的颜色与彩泽。标准的低降是一种可耻的堕落;我们只是踞坐在井底的青蛙,但我们更没有怀疑的余地。我们也许揣详东方的初白,却不能非议中天的太阳。我们也许见惯了阴霾的天时,不耐这热烈的光焰,消散天空的云雾,暴露地面的荒芜,但同时在我们心灵的深处,我们岂不也感觉一个新鲜的影响,催促我们生命的跳动,唤醒潜在的想望,仿佛是武士望见了前峰烽烟的信号,更不踌躇的奋勇向前?只有接近了这样超轶的纯粹的丈夫,这样不可错误的实在,我们方始相形的自愧我们的口不够阔大,我们的嗓音不够响亮，我们的呼吸不够深长，我们的信仰不够坚定，我们的理想不够莹澈，我们的自由不够磅礴，我们的语言不够明白，我们的情感不够热烈，我们的努力不够勇猛，我们的资本不够充实……

我自信我不是恣滥不切事理的崇拜，我如其曾经应用浓烈的文字，这是因为我不能自制我浓烈的感想。但是我最急切要声明的是，我们的诗人，虽则常常遭受神秘的徽号，在事实上却是最清明，最有趣，最诙谐，最不神秘的生灵。他是最通达人情，最近人情的。我盼望有机会追写他日常的生活与谈话。如其我是犯嫌疑的，如其我也是性近神秘的（有好多朋友这么说），你们还有适之先生的见证，他也说他是最可爱最可亲的个人；我们可以相信适之先生绝对没有"性近神秘"的嫌疑！所以无论他怎样的伟大与深厚，我们的诗人还只是有骨有血的人，不是野人，也不是天神。唯其是人，尤其是最富情感的人，所以他到处要求人道的温暖与安慰，他尤其要我们中国青年的同情与情爱。他已经为我们尽了责任，我们不应，更不忍辜负他的期望。同学们！爱你的爱，崇拜你的崇拜，是人情不是罪孽，是勇敢不是懦怯！

海滩上种花

朋友是一种奢华；且不说酒肉势利，那是说不上朋友，真朋友是相知，但相知谈何容易，你要打开人家的心，你先得打开你自己的，你要在你的心里容纳人家的心，你先得把你的心推放到人家的心里去：这真心或真性情的相互的流转，是朋友的秘密，是朋友的快乐。但这是说你内心的力量够得到，性灵的活动有富余，可以随时开放，随时往外流，像山里的泉水，流向容得住你的同情的沟槽；有时你得冒险，你得花本钱，你得抵拼在巉岈的乱石间，触刺的草缝里耐心的寻路，那时候艰难，苦痛，消耗，在在是可能的，在你这水一般灵动，水一般柔顺的寻求同情的心能找到平安欣快以前。

我所以说朋友是奢华，"相知"是宝贝，但得拿真性情的血本去换，去拼。因此我不敢轻易说话，因为我自己知道我的来源有限，十分的谨慎尚且不时有破产的恐惧；我不能随便"花"。前天有几位小朋友来邀我跟你们讲话，他们的恳

海滩上种花

切折服了我,使我不得不从命,但是小朋友们,说也惭愧,我拿什么来给你们呢?

我最先想来对你们说些孩子话,因为你们都还是孩子。但是那孩子的我到哪里去了?仿佛昨天我还是个孩子,今天不知怎的就变了样。什么是孩子要不为一点活泼的天真,但天真就比是泥土里的嫩芽,天冷泥土硬就压住了它的生机——这年头问谁去要和暖的春风?

孩子是没了。你记得的只是一个不清切的影子,模糊得紧,我这时候想起就像是一个盲人追念他自己的容貌,一样的记不周全;他即使想急了拿一只手到脸上去印下一个模子来,那样子也是个死的。真的没了。一天在公园里见一个小朋友不提多么活动,一忽儿上山,一忽儿爬树,一忽儿溜冰,一忽儿干草里打滚,要不然就跳着憨笑;我看着羡慕,也想学样,跟他一起玩,但是不能,我是一个大人,身上穿着长袍,心里存着体面,怕招人笑,天生的灵活换来矜持的存心——孩子,孩子是没有的了,有的只是一个年岁与教育蛀空了的躯壳,死僵僵的,不自然的。

我又想找回我们天性里的野人来对你们说话。因为野人也是接近自然的;我前几年过印度时得到极刻心的感想,那里的街道房屋以及土人的体肤容貌,生活的习惯,虽则简,虽则陋,虽则不夸张,却处处与大自然——上面碧蓝的天,火热的阳光,地下焦黄的泥土,高矗的椰树——相调谐,情调,色彩,结构,看来有一种意义的一致,就比是一件完美的艺术的作品。也不知怎的,那天看了他们的街,街上的牛车,赶车的老头露着他的赤光的头颅与紫姜色的圆肚,他们的庙,庙里的圣像与神座前的花,我心里只是不自在,就仿佛这情景是一个熟悉的声音的叫唤,叫你去跟着他,你的灵魂也何尝不活跳跳地想答应一声"好,我来了",但是不能,又有碍路的挡着你,不许你回复这叫唤声启示给你的自由。困着你的是你的教育;我那时的难受就比是一条蛇摆脱不了困住他的一个硬性的外壳——野人也给压住了,永远出不来。

所以今天站在你们上面的我不再是融会自然的野人,也不是天机活灵的孩子:我只是一个"文明人",我能说的只是"文明话"。但什么是文明只是堕落?文明人的心里只有种种虚荣的念头,他到处忙不算,到处都得计较成败。我怎么能对着你们不感觉惭愧?不了解自然不仅是我的心,我的话也是的。并且我即使有话说也没法表现,即使有思想也不能使你们了解;内里那点子性灵就比是在一座

— 89 —

石壁里牢牢的砌住,一丝光亮都不透,就凭这只眼望见你们,但有什么法子可以传达我的意思给你们,我已经忘却了原来的语言,还有什么话可说的?

但我的小朋友们还是逼着我来说谎(没有话说而勉强说话便是谎)。知识,我不能给;要知识你们得请教教育家去,我这里是没有的。智慧,更没有了:智慧是地狱里的花果,能进地狱更能出地狱的才采得着智慧,不去地狱的便没有智慧——我是没有的。

我正发窘的时候,来了一个救星——就是我手里这一小幅画,等我来讲道理给你们听。这张画是我的拜年片,一个朋友替我制的。你们看这个小孩子在海边沙滩上独自的玩,赤脚穿着草鞋,右手提着一枝花,使劲把它往沙里栽,左手提着一把浇花的水壶,壶里水点一滴滴的往下掉着。离着小孩不远看得见海里翻动着的波澜。

你们看出了这画的意思没有?

在海沙里种花。在海沙里种花!那小孩这一番种花的热心怕是白费的了。沙碛是养不活鲜花的,这几点淡水是不能帮忙的;也许等不到小孩转身,这一朵小花已经支不住阳光的逼迫,就得交卸他有限的生命,枯萎了去。况且那海水的浪头也快打过来了,海浪冲来时不说这朵小小的花,就是大根的树也怕站不住——所以这花落在海边上是绝望的了,小孩这番力量准是白花的了。

你们一定很能明白这个意思。我的朋友是很聪明的,她拿这画意来比我们一群智障者,乐意在白天里做梦的智障者,满心想在海沙里种花的智力障碍者。画里的小孩拿着有限的几滴淡水想维持花的生命,我们一群梦人也想在现在比沙漠还要干枯比沙滩更没有生命的社会里,凭着最有限的力量,想下几颗文艺与思想的种子,这不是一样的绝望,一样的傻?想在海沙里种花,想在海沙里种花,多可笑呀!但我的聪明的朋友说,这幅小小画里的意思还不止此;讽刺不是她的目的。她要我们更深一层看。在我们看来海沙里种花是傻气,但在那小孩自己却不觉得。他的思想是单纯的,他的信仰也是单纯的。他知道的是什么?他知道花是可爱的,可爱的东西应得帮助他发长;他平常看见花草都是从土地里长出来的,他看来海沙也只是地,为什么海沙里不能长花他没有想到,也不必想到,他就知道拿花来栽,拿水去浇,只要那花在地上站直了他就欢喜,他就乐,他就会跳他的跳,唱他的唱,来赞美这美丽的生命,以后怎么样,海沙的性质,花的命运,他全管不着!我们知道小孩们怎样的崇拜自然,他的身体虽则小,他的灵魂却是大着,他的衣服也许脏,他的心可是洁净的。这里还有一幅画,这是自然的崇拜,你们看这孩子在月光下跪着拜一朵低头的百合花,这时候他的心与月光一般的清洁,与花一般的美丽,与夜一般的安静。我们可以知道到海边上来种花那孩子的思想与这月下拜花的孩子的思想会得跪下的——单纯,清洁,我们可以想象那一个孩子把花栽好了也是一样来对着花膜拜祈祷——他能把花暂时栽了起来便是他的成功,此外以后怎么样不是他的事情了。

　　你们看这个象征不仅美,并且有力量;因为它告诉我们单纯的信心是创作的泉源——这单纯的烂漫的天真是最永久最有力量的东西,阳光烧不焦他,狂风吹不倒他,海水冲不了他,黑暗掩不了他——地面上的花朵有被摧残有消灭的时候,但小孩爱花种花这一点:"真"却有的是永久的生命。

　　我们来放远一点看。我们现有的文化只是人类在历史上努力与牺牲的成绩。为什么人们肯努力肯牺牲?因为他们有天生的信心;他们的灵魂认识什么是真什么是善什么是美,虽则他们的肉体与智识有时候会诱惑他们反着方向走路;但只要他们认明一件事情是有永久价值的时候,他们就自然的会得兴奋,不期然的自己牺牲,要在这忽忽变动的声色的世界里,赎出几个永久不变的原则的凭证来。弥尔顿何以瞎了眼还要作诗,贝多芬何以聋了还要制音乐,米开朗琪罗为什么肯积受几个月的潮湿不顾自己的皮肉与靴子连成一片的用心思,为的只是要解决一个小小的美术问题?为什么永远有人到冰洋尽头雪山顶上去探险?为什么科学家肯在显微镜底下或是数目字中间研究一般人眼看不到心想不通的道理消磨他一生的光阴?

　　为的是这些人道的英雄都有他们不可摇动的信心;像我们在海沙里种花的孩子一样,他们的思想是单纯的——科学家为真的原则牺牲,艺术家为美的原则牺牲——这一切牺牲的结果便是我们现有的有限的文化。

　　你们想想在这地面上做事难道还不是一样的傻气——这地面还不与海沙一样不容你生根;在这里的事业还不是与鲜花一样的娇嫩?——潮水过来可以冲掉,狂风吹来可以折坏,阳光晒来可以薰焦我们小孩子手里拿着往沙里栽的鲜花,同样,我们文化的全体还不一样有随时可以冲掉折坏薰焦的可能吗?巴比伦的文明现在那里?庞贝城曾经在地下埋过千百年,克里特的文明直到最近五六十年间才完全发现。并且有时一件事实体的存在并不能证明他生命的继续。这区区地球的本体就有一千万个毁灭的可能。人们怕死不错，我们怕死人，但最可怕的不是死的死人，是活的死人，单有躯壳生命没有灵性生活是莫大的悲惨；文化也有这种情形，死的文化倒也罢了，最可怜的是勉强喘着气的半死的文化。时候已经很久的了，自从我们最后的几个祖宗为了不变的原则牺牲他们的呼吸与血液，为了不死的生命牺牲他们有限的存在，为了单纯的信心遭受当时人的讪笑与侮辱。时候已经很久的了，自从我们最后听见普遍的声音像潮水似的充满着地面。时候已经很久的了，自从我们最后看见强烈的光明像彗星似的扫掠过地面。时候已经很久的了，自从我们最后为某种主义流过火热的鲜血。时候已经很久的了，自从我们的骨髓里有胆量，我们的说话里有分量。这是一个极伤心的反省！我真不知道这时代犯了什么不可赦的大罪，上帝竟狠心的赏给我们这样恶毒的刑罚？你看看去这年头到那里去找一个完全的男子或是一个完全的女子——你们去看去！要形容我们现在受罪的时期，我们得发明一个比丑更丑比脏更脏比下流更下流比苟且更苟且比懦怯更懦怯的一类生字去！朋友们，真的我心里常常害怕，害怕下回东风带来的不是我们盼望中的春天，不是鲜花青草蝴蝶飞鸟，我怕他带来一个比冬天更枯槁更凄惨更寂寞的死天——因为丑陋的脸子不配穿漂亮的衣服，我们这样丑陋的变态的人心与社会凭什么权利可以问青天要阳光，问地面要青草，问飞鸟要音乐，问花朵要颜色？你问我明天天会不会放亮？我回答说我不知道，竟许不！

归根是我们失去了我们灵性努力的重心，那就是一个单纯的信仰，一点烂漫的童真！不要说到海滩去种花——我们都是聪明人谁愿意做傻瓜去——就是在你自己院子里种花你都懒怕动手哪！最可怕的怀疑的鬼与厌世的黑影已经占住了我们的灵魂！

所以朋友们，你们都是青年，都是春雷声响不曾停止时破绽出来的鲜花，你们再不可堕落了——虽则陷阱的大口满张在你的跟前，你不要怕，你把你的烂漫的天真倒下去，填平了它再往前走——你们要保持那一点的信心，这里面连着来的就是精力与勇敢与灵感——你们要不怕做小傻瓜，尽量在这人道的海滩边种你的鲜花去——花也许会消灭，但这种花的精神是不烂的！

巴黎的鳞爪

咳巴黎！到过巴黎的一定不会再稀罕天堂；尝过巴黎的，老实说，连地狱都不想去了。整个的巴黎就像是一床野鸭绒的垫褥，衬得你通体舒泰，硬骨头都给熏酥了的——有时许太热一些。那也不碍事，只要你受得住。赞美是多余的，正如赞美天堂是多余的；诅咒也是多余的，正如诅咒地狱是多余的。巴黎，软绵绵的巴黎，只在你临别的时候轻轻地嘱咐一声"别忘了，再来！"其实连这都是多余的。谁不想再去？谁忘得了？

香草在你的脚下，春风在你的脸上，微笑在你的周遭。不拘束你，不责备你，不督饬你，不窘你，不恼你，不揉你。它搂着你，可不缚住你：是一条温存的臂膀，不是根绳子。它不是不让你跑，但它那招逗的指尖却永远在你的记忆里晃着。多轻盈的步履，罗袜的丝光随时可以沾上你记忆的颜色！

但巴黎却不是单调的喜剧。塞纳河的柔波里掩映着罗浮宫的倩影，它也收藏着不少失意人最后的呼吸。流着，温驯的水波；流着，缠绵的恩怨。咖啡馆：和着交颈的软语，开怀的笑响，有踞坐在屋隅里蓬头少年计较自毁的哀思。跳舞场：和着翻飞的乐调，迷醇的酒香，有独自支颐的少妇思量着往迹的怆心。浮动在上一层的许是光明，是欢畅，是快乐，是甜蜜，是和谐；但沉淀在底里阳光照不到的才是人事经验的本质：说重一点是悲哀，说轻一点是惆怅；谁不愿意永远在轻快的流波里漾着，可得留神了你往深处去时的发现！

一天，一个从巴黎来的朋友找我闲谈，谈起了劲，茶也没喝，烟也没吸，一直从黄昏谈到天亮，才各自上床去躺了一歇，我一合眼就回到了巴黎，方才朋友讲的情境惝恍的把我自己也缠了进去；这巴黎的梦真醇人，醇你的心，醇你的意志，醇你的四肢百体，那味儿除是亲尝过的谁能想象！——我醒过来时还是迷糊的忘了我在哪儿，刚巧一个小朋友进房来站在我的床前笑吟吟喊我"你做什么梦来了，朋友，为什么两眼潮潮的像哭似的？"我伸手一摸，果然眼里有水，不觉也失笑了——可是朝来的梦，一个诗人说的，同是这悲凉滋味，正不知这泪是为哪一个梦流的呢！

下面写下的不成文章，不是小说，不是写实，也不是写梦，——在我写的人

只当是随口曲，南边人说的"出门不认货"，随你们宽容的读者们怎样看罢。

出门人也不能太小心了，走道总得带些探险的意味。生活的趣味大半就在不预期的发现，要是所有的明天全是今天刻板的化身，那我们活什么来了？正如小孩子上山就得采花，到海边就得捡贝壳，书呆子进图书馆想捞新智慧——出门人到了巴黎就想……

你的批评也不能过分严正不是？少年老成——什么话！老成是老年人的特权，也是他们的本分；说来也不是他们甘愿，他们是到了年纪不得不。少年人如何能老成？老成了才是怪哪！

放宽一点说，人生只是个机缘巧合；别瞧日常生活河水似的流得平顺，它那里面多的是潜流，多的是漩涡——轮着的时候谁躲得了给卷了进去？那就是你发愁的时候，是你登仙的时候，是你辨着酸的时候，是你尝着甜的时候。

巴黎也不定比别的地方怎样不同：不同就在那边生活流波里的潜流更猛，漩涡更急，因此你叫给卷进去的机会也就更多。

我赶快得声明我是没有叫巴黎的漩涡给淹了去——虽则也就够险。多半的时候我只是站在塞纳河岸边看热闹，下水去的时候也不能说没有，但至多也不过在靠岸清浅处溜着，从没敢往深处跑——这来漩涡的纹螺，势道，力量，可比远在岸上时认清楚多了。

九小时的萍水缘

我忘不了她。她是在人生的急流里转着的一张萍叶，我见着了它，掬在手里把玩了一响，依旧交还给它的命运，任它漂流去——它以前的漂泊我不曾见来，它以后的漂泊，我也见不着，但就这曾经相识匆匆的恩缘——实际上我与她相处不过九小时——已在我的心泥上印下踪迹，我如何能忘，在忆起时如何能不感须臾的惆怅？

那天我坐在那热闹的饭店里瞥眼看着她，她独坐在灯光最暗漆的屋角里，这屋内哪一个男子不带媚态，哪一个女子的胭脂口上不沾笑容，就只她：穿一身淡素衣裳，戴一顶宽边的黑帽，在鬓密的睫毛上隐隐闪亮着深思的目光——我几乎疑心她是修道院的女僧偶尔到红尘里随喜来了。我不能不接着注意她，她的别样的支颐的倦态，她的颀长的手指，她的落寞的神情，有意无意间的叹息，在在都激发我的好奇——虽则我那时左边已经坐下了一个瘦的，右边来了肥的，四条光滑的手臂不住地在我面前晃着酒杯。但更使我奇异的是她不等跳舞开始就匆匆地出去了，好像害怕或是厌恶似的。第一晚这样，第二晚又是这样：独自默默地坐着，到时候又匆匆地离去。到了第三晚她再来的时候我再也忍不住不想法接近她。第一次得着的回音，虽则是"多谢好意，我再不愿交友"的一个拒绝，只是加深了我的同情的好奇。我再不能放过她。巴黎的好处就在处处近人情；爱慕的自由是永远容许的。你见谁爱慕谁想接近谁，绝不是犯罪，除非你在经程中泄漏了你的尘气暴气，陋相或是贫相，那不是文明的巴黎人所能容忍的。只要你"识相"，上海人说的，什么可能的机会你都可以利用。对方人理你不理你，当然又是一回事；但只要你的步骤对，文明的巴黎人绝不让你难堪。

我不能放过她。第二次我大胆写了个字条付中间人——店主人——交去。我心里直怔怔地怕讨没趣。可是回话来了——她就走了，你跟着去吧。

她果然在饭店门口等着我。

你为什么一定要找我说话，先生，像我这再不愿意有朋友的人？

她张着大眼看我，口唇微微地颤着。

我的冒昧是不望恕的，但是我看了你忧郁的神情我足足难受了三天，也不知怎的我就想接近你，和你谈一次话，如其你许我，那就是我的想望，再没有别的意思。

真的她那眼内绽出了泪来，我话还没说完。

想不到我的心事又叫一个异邦人看透了……她声音都哑了。

我们在路灯的灯光下默默地互注了一晌，并着肩沿马路走去，走不到多远她说不能走，我就问了她的允许雇车坐上，直望波龙尼大林园清凉的暑夜里兜去。

原来如此，难怪你听了跳舞的音乐像是厌恶似的，但既然不愿意何以每晚还去？

那是我的感情作用；我有些舍不得不去，我在巴黎一天，那是我最初遇见——他的地方，但那时候的我……可是你真的同情我的际遇吗，先生？我快有两个月不开口了，不瞒你说，今晚见了你我再也不能制止，我爽性说给你我的生平的始末吧，只要你不嫌。我们还是回那饭庄去罢。

你不是厌烦跳舞的音乐吗？

她初次笑了。多齐整洁白的牙齿，在道上的幽光里亮着！有了你我的生气就回复了不少，我还怕什么音乐？

徐志摩 诗歌 散文

我们俩重进饭庄去选一个僻角坐下，喝完了两瓶香槟，从十一时舞影最凌乱时谈起，直到早三时客人散尽侍役打扫屋子时才起身走，我在她的可怜身世的演述中遗忘了一切，当前的歌舞再不能分我丝毫的注意。

下面是她的自述。

我是在巴黎生长的。我从小就爱读《天方夜谭》的故事，以及当代描写东方的文学；啊东方，我的童真的梦魂哪一刻不在它的玫瑰园中留恋？十四岁那年我的姊姊带我上北京去住，她在那边开一个时式的帽铺，有一天我看见一个小身材的中国人来买帽子，我就觉着奇怪，一来他长得异样的清秀，二来他为什么要来买那样时式的女帽；到了下午一个女太太拿了方才买去的帽子来换了，我姊姊就问她那中国人是谁，她说是她的丈夫，说开了头她就讲她当初怎样为爱他触怒了自己的父母，结果断绝了家庭和他结婚，但她一点也不追悔因为她的中国丈夫待她怎样好法，她不信西方人会得像他那样体贴，那样温存。我再也忘不了她说话时满心愉悦的笑容。从此我仰慕东方的私衷又添深了一层颜色。

我再回巴黎的时候已经长成了，我父亲是最宠爱我的，我要什么他就给我什么。我那时就爱跳舞，啊，那些迷醉轻易的时光，巴黎哪一处舞场上不见我的舞影。我的妙龄，我的颜色，我的体态，我的智慧，尤其是我那媚人的大眼——啊，如今你见的只是悲惨的余生再不留当时的丰韵——制定了我初期的堕落。我说堕落不是？是的，堕落，人生哪处不是堕落，这社会哪里容得一个有姿色的女人保全她的清洁？我正快走入险路的时候，我那慈爱的老父早已看出我的倾向，私下安排了一个机会，叫我与一个有爵位的英国人接近。一个十七岁的女子哪有什么主意，在两个月内我就做了新娘。

说起那四年结婚的生活，我也不应得过分的抱怨，但我们欧洲的势利的社会实在是树心里生了蠹，我怕再没有恢复健康的希望。我到伦敦去做贵妇人时我还是个天真的孩子，哪有什么机心，哪懂得虚伪的卑鄙的人间的底里，我又是个外国人，到处遭受妒忌与批评。还有我那担名的丈夫。他娶我究竟为什么动机我始终不明白，许贪我年轻贪我貌美带回家去广告他自己的手段，因为真的我不曾感着他一息的真情；新婚不到几时他就对我冷淡了，其实他就没有热过，碰巧我是个傻孩子，一天不听着一半句软语，不受些温柔的怜惜，到晚上我就不自制的悲伤。他有的是钱，有的是趋奉谄媚，成天在外打猎作乐，我愁了不来慰我，我病了不来问我,连着三年抑郁的生涯完全消灭了我原来活泼快乐的天机,到第四年实在耽不住了,我与他吵一场回巴黎再见我父亲的时候,他几乎不认识我了。我自此就永别了我的英国丈夫。因为虽则实际的离婚手续在他方面到前年方始办理,他从我走了后也就不再来顾问我——这算是欧洲人夫妻的情分!

我从伦敦回到巴黎,就比久困的雀儿重复飞回了林中,眼内又有了笑,脸上又添了春色,不但身体好多,就连童年时的种种想望又在我心头活了回来。三四年结婚的经验更叫我厌恶西欧,更叫我神往东方。东方,啊,浪漫的多情的东方!我心里常常的怀念着。有一晚,那一个运定的晚上,我就在这屋子内见着了他,与今晚一样的歌声,一样的舞影,想起还不就是昨天,多飞快的光阴,就可怜我一个单薄的女子,无端叫运神摆布,在情网里颠连,在经验的苦海里沉沦,朋友,我自分是已经埋葬了的活人,你何苦又来逼着我把往事掘起,我的话是简短的,但我身受的苦恼,朋友,你信我,是不可量的;你望我的眼里看,凭着你的同情你可以在刹那间领会我灵魂的真际!

他是菲律宾人,也不知怎的我初次见面就迷了他。他肤色是深黄的,但他的性情是不可信的温柔;他身材是短的,但他的私语有多叫人魂销的魔力?啊,我到如今还不能怨他;我爱他太深,我爱他太真,我如何能一刻忘他,虽则他到后来也是一样的薄情,一样的冷酷。你不倦么,朋友,等我讲给你听?

我自从认识了他我便倾注给他我满怀的柔情,我想他,那负心的他,也够他的享受,那三个月神仙似的生活!我们差不多每晚在此聚会的。密谈是他与我,欢舞是他与我,人间再有更甜美的经验吗?朋友你知道痴心人赤心爱恋的疯狂吗?因为不仅满足了我私心的想望,我十多年梦魂缭绕的东方理想的实现。有他我什么都有了,此外我更有什么眷恋?因此等到我家里为这事情与我开始交涉的时候,我更不踌躇的与我生身的父母根本决绝。我此时又想起了我垂髫时在北京见着的那个嫁中国人的女子,她与我一样也为了痴情牺牲一切,我只希冀她这时还能保持着她那纯爱的生活,不比我这失运人成天在幻灭的辛辣中回味。

我爱定了他。他是在巴黎求学的,不是贵族,也不是富人,那更使我放心,因为我早年的经验使我迷信真爱情是穷人才能供给的。谁知他骗了我——他家里也是有钱的,那时我在热恋中抛弃了家,牺牲了名誉,跟了这黄脸人离却巴黎,辞别欧洲,经过一个月的海程,我就到了我理想的灿烂的东方。啊,我那时的希望与快乐!但才出了红海,他就上了心事,经我再三的逼,他才告诉他家里的实情，他父亲是菲律宾最有钱的土著，性情是极严厉的，他怕轻易不能收受我进他们的家庭。我真不愿意把此后可怜的身世烦你的听，朋友，但那才是我痴心人的结果，你耐心听着吧！

东方，东方才是我的烦恼！我这回投进了一个更陌生的社会，呼吸更沉闷的空气；他们自己中间也许有他们温软的人情，但轮着我的却一样还只是猜忌与讥刻，更不容情的刺袭我的孤独的性灵。果然他的家庭不容我进门，把我看作一个"巴黎淌来的可疑的妇人"。我为爱他也不知忍受了多少不可忍的侮辱，吞了多少悲泪，但我自慰的是他对我不变的恩情。因为在初到的一时他还是不时来慰我——我独自赁屋住着。但慢慢的也不知是人言浸润还是他原来爱我不深，他竟然表示割绝我的意思。朋友，试想我这孤身女子牺牲了一切为的还不是他的爱，如今连他都离了我，那我更有什么生机？我怎的始终不曾自毁，我至今还不信，因为我那时真的是没路走了。我又没有钱，他狠心丢了我，我如何能再去缠他，这也许是我们白种人的倔强，我不久便揩干了眼泪，出门去自寻活路。我在一个菲美合种人的家里寻得了一个保姆的职务；天幸我生性是耐烦领小孩的——我在伦敦的日子没孩子管，我就养猫弄狗——救活我的是那三五个活灵的孩子，黑头发短手指的乖乖。在那炎热的岛上我是过了两年没颜色的生活，得了一次凶险的热病，从此我面上再不存青年期的光彩。我的心境正稍稍回复平衡的时候两件不幸的事情又临着了我：一件是我那他与另一女子的结婚，这消息使我昏厥了过去；一件是被我弃绝的慈父也不知怎的问得了我的踪迹，来电说他老病快死要我回去。啊，天罚我！等我赶回巴黎的时候正好赶着与老人诀别，忏悔我先前的造孽！

从此我在人间还有什么意趣？我只是个实体的鬼影，活动的尸体；我的心也早就死了，再也不起波澜；在初次失望的时候我想象中还有个辽远的东方，但如今东方只在我的心上留下一个鲜明的新伤，我更有什么希冀，更有什么心情？但我每晚还是不自主的到这饭店里来小坐，正如死去的鬼魂忘不了他的老家！我这一生的经验本不想再向人前吐露的，谁知又碰着了你，苦苦的追着我，逼我再一度撩拨死尽的火灰，这来你够明白了，为什么我老是这落寞的神情，我猜你也是过路的客人，我深深自幸又接近一次人情的温慰，但我不敢希望什么，我的心是死定了的，时候也不早了，你看方才舞影凌乱的地板上现在只剩一片冷淡的灯光，待役们已经收拾干净，我们也该走了，再会吧，多情的朋友！

印度洋上的秋思

　　昨夜中秋。黄昏时西天挂下一大帘的云母屏，掩住了落日的光潮，将海天一体化成暗蓝色，寂静得如黑衣尼在圣座前默祷。过了一刻，即听得船艄布篷上悉悉索索啜泣起来，低压的云夹着迷蒙的雨色，将海线逼得像湖一般窄，沿边的黑影，也辨认不出是山是云，但涕泪的痕迹，却满布在空中水上。

　　又是一番秋意！那雨声在急骤之中，有零落萧疏的况味，连着阴沉的气氛，只是在我灵魂的耳畔私语道："秋"！我原来无欢的心境，抵御不住那样温婉的浸润，也就开放了春夏间所积受的秋思，和此时外来的怨艾构合，产出一个弱的婴儿——"愁"。

　　天色早已沉黑，雨也已休止。但方才啜泣的云，还疏松地幕在天空，只露着些惨白的微光，预告明月已经装束齐整，专等开幕。同时船烟正在莽莽苍苍地吞吐，筑成一座鳞鳞的长桥，直联及西天尽处，和船轮泛出的一流翠波白沫，上下对照，留恋西来的踪迹。

　　北天云幕豁处，一颗鲜翠的明星，喜滋滋地先来问探消息，像新嫁妇的侍婢，也穿扮得遍体光艳，但新娘依然姗姗未出。我小的时候，每于中秋夜，呆坐在楼窗外等看"月华"，若然天上有云雾缭绕，我就替"亮晶晶的月亮"担忧，若然见了鱼鳞似的云彩，我的小心就欣欣怡悦，默祷着月儿快些开花，因为我常听人说只要有"瓦楞"云，就有月华；但在月光放彩以前，我母亲早已逼我去上床，所以月华只是我脑筋里一个不曾实现的想象，直到如今。

　　现在天上砌满了瓦楞云彩，霎时间引起了我早年许多有趣的记忆——但我的纯洁的童心，如今哪里去了？

　　月光有一种神秘的引力，她能使海波咆哮，她能使悲绪生潮。月下的喟息可以结聚成山，月下的情泪可以培畦百亩的畹兰，千茎的紫琳眹。我疑悲哀是人类先天的遗传，否则，何以我们几年不知悲感的时期，有时对着一泻的清辉，也往往凄心滴泪呢？

　　但我今夜却不曾流泪。不是无泪可滴，也不是文明教育将我最纯洁的本能锄净，却为是感觉了神圣的悲哀，将我理解的好奇心激动，想学契古特白登来解剖这神秘的"眸冷骨累"。冷的智永远是热的情的死敌仇。他们不能相容的。

但在这样浪漫的月夜，要来练习冷酷的分析，似乎不近人情，所以我的心机一转，重复将锋快的智刃收起，让沉醉的情泪自然流转，听他产生什么音乐；让绻缱的诗魂漫自低回，看他寻出什么梦境。

明月正在云崖中间，周围有一圈黄色的彩晕，一阵阵的轻霭，在她面前扯过。海上几百道起伏的银沟，一齐在微叱凄其的音节，此外不受清辉的波域，在暗中愤愤涨落，不知是怨是慕。

我一面将自己一部分的情感，看入自然界的现象，一面拿着纸笔，痴望着月彩，想从她明洁的辉光里，看出今夜地面上秋思的痕迹，希冀他们在我心里，凝成高洁情绪的菁华。因为她光明的捷足，今夜遍走天涯，人间的恩怨，哪一件不经过她的慧眼呢？

印度的 Ganges^①（埂奇）河边有一座小村落，村外一个榕树密绣的湖边，坐着一对情醉的男女，他们中间草地上放着一尊古铜香炉，烧着上品的水息，那温柔婉恋的烟篆，沉馥香浓的热气，便是他们爱感的象征——月光从云端里轻俯下来，在那女子胸前的珠串上，水息的烟尾上，印下一个慈吻，微哂，重复登上她的云艇，上前驶去。

一家别院的楼上，窗帘不曾放下，几枝肥满的桐叶正在玻璃上摇曳逗趣，月光窥见了窗内一张小蚊床上紫纱帐里，安眠着一个安琪儿似的小孩，她轻轻挨进身去，在他温软的眼睫上，嫩桃似的腮上，抚摸了一会。又将她银色的纤指，理齐了他脐园的额发，霭然微哂着，又回她的云海去了。

一个失望的诗人，坐在河边一块石头上，满面写着忧郁的神情，他爱人的情影，在他胸中像河水似的流动，他又不能在失望的渣滓里榨出些微甘液，他张开两手，仰着头，让大慈大悲的月光，那时正在过路，洗沐他泪腺湿肿的眼眶，他似乎感觉到清心的安慰，立即摸出一管笔，在白衣襟上写道：

"月光，

你是失望儿的乳娘！"

面海一座柴屋的窗棂里，望得见屋里的内容：一张小桌上放着半块面包和几条冷肉，晚餐的剩余，窗前几上开着一本家用的《圣经》，炉架上两座点着的烛

---

① Ganges：恒河。

台,不住地在流泪,旁边坐着一个皱面驼腰的老妇人,两眼半闭不闭地落在伏在她膝上啜泣的一个少妇,她的长裙散在地板上像一只大花蝶。老妇人掉头向窗外望,只见远远海涛起伏,和慈祥的月光在拥抱蜜吻,她叹了声气向着斜照在《圣经》上的月彩嗳道:

"真绝望了!真绝望了!"

她独自在她精雅的书室里,把灯火一齐熄了,倚在窗口一架藤椅上,月光从上东墙上斜泻下去,笼住她的全身,在花瓶上幻出一个窈窕的倩影;她两根垂辫的发梢,她微润的媚唇,和庭前几茎高峙的玉兰花,都在静谧的月色中微颤。她加她的呼吸,吐出一股幽香,不但邻近的花草,连月儿闻了,也禁不住迷醉,她腮边天然的妙涡,已有好几日不圆满;她瘦损了。但她在想什么呢?月光,你能否将我的梦魂带去,放在离她三五尺的玉兰花枝上。

威尔斯西境一座矿床附近,有三个工人,口叼着笨重的烟斗,在月光中闲坐。他们所能想到的话都已讲完,但这异样的月彩,在他们对面的松林,左首的溪水上,平添了不可言喻比说的媚,惟有他们工余倦极的眼珠不阖,彼此不约而同今晚较往常多抽了两斗的烟,但他们矿火薰黑、煤块擦黑的面容,表示他们心灵的薄弱,在享乐烟斗以外,虽经秋月溪声的刺激,也不能有精美情绪之反感。等月影移西一些,他们默默地扑出一斗灰,起身进屋,各自登床睡去。月光从屋背飘眼望进去,只见他们都已睡熟;他们即使有梦,也无非矿内矿外的景色。

月光渡过了爱尔兰海峡,爬上海尔佛林的高峰,正对着默默的红潭,潭水凝定得像一大块冰,铁青色,四围斜坦的小峰,全都满铺着蟹青和蛋白色的岩片碎石,一株矮树都没有。沿潭间有些丛草,那全体形势,正像一大青碗,现在满盛了清洁的月辉,静极了,草里不闻虫吟,水里不闻鱼跃;只有石缝里游涧淅沥之声,断续地作响,仿佛一座大教堂里点着一星小火,益发对照出静穆宁寂的境界,月儿在铁色的潭面上,倦倚了半响,重复扱起她的银泻过山去了。

昨天船离了新加坡以后,方向从正东改为东北,所以前几天的船舶正对落日,此后"晚霞的工厂"渐渐移到我们船向的左手来了。

昨夜吃过晚饭上甲板的时候,船右一海银波,在犀利之中涵有幽秘的彩色,凄清的表情,引起了我的凝视。那放银光的圆球正挂在你头上,如其起靠着船头仰望。她今夜并不十分鲜艳;她精圆的芳容上似乎轻笼着一层藕灰色的薄纱;轻漾着一种悲唱的声调;轻染着几痕泪化的雾霭。她并不十分鲜艳,然而她素洁温和的光线中，犹之少女浅蓝妙眼的斜瞟；犹之春阳融解在山巅白雪的反映的嫩色，含有不可解的迷力，媚态，世间凡具有感觉性的人，只要承沐着她的轻辉，就发生也是不可理解的反应，引起隐覆的内心境界的紧张，——像琴弦一样，——人生最微妙的情绪，戟震生命所蕴藏高洁名贵创现的冲动。有时在心理状态之前，或于同时，撼动躯体的组织，使感觉血液中突起冰流之冰流，嗅神经难禁之酸辛，内藏汹涌之跳动，泪腺之骤热与润湿。那就是秋月兴起的秋思——愁。

昨晚的月色就是秋思的泉源，岂止，直是悲哀幽骚悱怨沉郁的象征，是季候运转的伟剧中最神秘亦最自然的一幕，诗艺界最凄凉亦最微妙的一个消息。

今夜月明人尽望，不知秋思在谁家。

中国字形具有一种独一的妩媚，有几个字的结构，我看来纯是艺术家的匠心：这也是我们国粹之尤粹者之一。譬如"秋"字，已是一个极美的字形；"愁"字更是文字史上有数的杰作：有石开湖晕，风扫松针的妙处，这一群点画的配置，简直经过柯罗的书篆，米开朗琪罗的雕圭，Chopin[①]的神感；像——用一个科学的比喻——原子的结构，将旋转宇宙的大力收缩成一个无形无踪的电核；这十三笔造成的象征，似乎是宇宙和人生悲惨的现象和经验，吁喟和涕泪，所凝成最纯粹精密的结晶，满充了催迷的秘力。你若然有高蒂闲[②]（Gautier）异超的知感性，定然可以梦到，愁字变形为秋霞黯绿色的通明宝玉，若用银槌轻击之，当吐银色的幽咽电蛇似腾入云天。

我并不是为寻秋意而看月，更不是为觅新愁而访秋月；蓄意沉浸于悲哀的生活，是丹德所不许的。我看见月而感秋色，因秋窗而拈新愁：人是一簇脆弱而富于反射性的神经！

我重复回到现实的景色，轻裹在云锦之中的秋月，像一个遍体蒙纱的女郎，她那团圆清朗的外貌像新娘，但同时她幂弦的颜色，那是藕灰，他踟躇的行踵，掩泣的痕迹，又使人疑是送丧的丽姝。所以我曾说：

"秋月呀！

---

① Chopin：肖邦。
② 高蒂闲：今译戈蒂埃。

我不盼望你团圆。"

这是秋月的特色，不论她是悬在落日残照边的新镰，与"黄昏晓"竞艳的眉钩，中霄斗没西陲的金碗，星云参差间的银床，以至一轮腴满的中秋，不论盈昃高下，总在原来澄爽明秋之中，遍洒着一种我只能称之为"悲哀的轻霭"，和"传愁的以太"。即使你原来无愁，见此也禁不得沾染那"灰色的音调"，渐渐兴感起来！

秋月呀！

谁禁得起银指尖儿

浪漫地搔爬呵！

不信但看那一海的轻涛，可不是禁不住她玉指的抚摩，在那里低徊饮泣呢！

就是那

无聊的云烟，

秋月的美满，

薰暖了飘心冷眼，

也清冷地穿上了轻缟的衣裳，

来参与这

美满的婚姻和丧礼。

翡冷翠山居闲话

在这里出门散步去，上山或是下山，在一个晴好的五月的向晚，正像是去赴一个美的宴会，比如去一果子园，那边每株树上都是满挂着诗情最秀逸的果实，假如你单是站着看还不满意时，只要你一伸手就可以采取，可以恣尝鲜味，足够你性灵的迷醉。阳光正好暖和，决不过暖；风息是温驯的，而且往往因为他是从繁花的山林里吹度过来，他带来一股幽远的澹香，连着一息滋润的水气，摩挲着你的颜面，轻绕着你的肩腰，就这单纯的呼吸已是无穷的愉快；空气总是明净的，近谷内不生烟，远山上不起霭，那美秀风景的全部正像画片似的展露在你的眼前，供你闲暇的鉴赏。

做客山中的妙处，犹在你永不需踌躇你的服色与体态；你不妨摇曳着一头的蓬草，不妨纵容你满腮的苔藓；你爱穿什么就穿什么；扮一个牧童，扮一个渔翁，装一个农夫，装一个走江湖的桀卜闪，装一个猎户；你再不必提心整理你的领结，你尽可以不用领结，给你的颈根与胸膛一半日的自由，你可以拿一条这边艳色的长巾包在你的头上，学一个太平军的头目，或是拜伦那埃及装的姿态；但最要紧的是穿上你最旧的旧鞋，别管他模样不佳，他们是顶可爱的好友，他们承着你的体重却不叫你记起你还有一双脚在你的底下。

　　这样的玩顶好是不要约伴，我竟想严格的取缔，只许你独身；因为有了伴多少总得叫你分心，尤其是年轻的女伴，那是最危险最专制不过的旅伴，你应得躲避她像你躲避青草里一条美丽的花蛇！平常我们从自己家里走到朋友的家里，或是我们执事的地方，那无非是在同一个大牢里从一间狱室移到另一间狱室去，拘束永远跟着我们，自由永远寻不到我们；但在这春夏间美秀的山中或乡间你要是有机会独身闲逛时，那才是你福星高照的时候，那才是你实际领受，亲口尝味，自由与自在的时候，那才是你肉体与灵魂行动一致的时候。朋友们，我们多长一岁年纪往往只是加重我们头上的枷，加紧我们脚胫上的链，我们见小孩子在草里在沙堆里在浅水里打滚作乐，或是看见小猫追他自己的尾巴，何尝没有羡慕的时候，但我们的枷，我们的链永远是制定我们行动的上司！所以只有你单身奔赴大自然的怀抱时，像一个裸体的小孩扑入他母亲的怀抱时，你才知道灵魂的愉快是怎样的，单是活着的快乐是怎样的，单就呼吸单就走道单就张眼看耸耳听的幸福是怎样的。因此你得严格的为己，极端的自私，只许你，体魄与性灵，与自然同在一个脉搏里跳动，同在一个音波里起伏，同在一个神奇的宇宙里自得。我们浑朴的天真是像含羞草似的娇柔，一经同伴的抵触，他就卷了起来，但在澄静的日光下，和风中，他的姿态是自然的，他的生活是无阻碍的。

　　你一个人漫游的时候，你就会在青草里坐地仰卧，甚至有时打滚，因为草的和暖的颜色自然的唤起你童稚的活泼；在静僻的道上你就会不自主的狂舞，看着你自己的身影幻出种种诡异的变相，因为道旁树木的阴影在他们迂徐的婆娑里暗示你舞蹈的快乐；你也会得信口的歌唱，偶尔记起断片的音调，与你自己随口的小曲，因为树林中的莺燕告诉你春光是应得赞美的；更不必说你的胸襟自然会跟着漫长的山径开拓，你的心地会看着澄蓝的天空静定，你的思想和着山壑间的水声，山罅里的泉响，有时一澄到底的清澈，有时激起成章的波动，流，流，流入凉爽的橄榄林中，流入妩媚的阿诺河去……

并且你不但不须应伴,每逢这样的游行,你也不必带书。书是理想的伴侣,但你应得带书,是在火车上,在你住处的客室里,不是在你独身漫步的时候。什么伟大的深沉的鼓舞的清明的优美的思想的根源不是可以在风籁中,云彩里,山势与地形的起伏里,花草的颜色与香息里寻得?自然是最伟大的一部书,歌德说:在他每一页的字句里我们读得最深奥的消息。并且这书上的文字是人人懂得的;阿尔帕斯与五老峰,雪西里与普陀山,莱茵河与扬子江,梨梦湖与西子湖,剑兰与琼花,杭州西溪的芦雪与威尼斯夕照的红潮,百灵与夜莺,更不是一般黄的黄麦,一般紫的紫藤,一般青的青草同在大地上生长,同在和风中波动——他们应用的符号是永远一致的,他们的意义是永远明显的,只要你自己心灵上不长疮瘢,眼不盲,耳不塞,这无形迹的最高等教育便永远是你的名分,这不取费的最珍贵的补剂便永远供你的受用;只要你认识了这一部书,你在这世界上寂寞时便不寂寞,穷困时不穷困,苦恼时有安慰,挫折时有鼓励,软弱时有督责,迷失时有指南针。

我所知道的康桥

一

我这一生的周折,大都寻得出感情的线索。不论别的,单说求学。我到英国是为要从罗素。罗素来中国时,我已经在美国。他那不确的死耗传到的时候,我真的出眼泪不够,还做悼诗来了。他没有死,我自然高兴。我摆脱了哥伦比亚大博士衔的引诱,买船票过大西洋,想跟这位二十世纪的福禄泰尔①认真念一点书去。谁知一到英国才知道事情变样了:一为他在战时主张和平,二为他离婚,罗素叫康桥给除名了,他原来是 Trinity College 的 Fellow,这来他的 Fellowship 也给取消了。他回英国后就在伦敦住下,夫妻两人卖文章过日子。因此我也不曾遂我从学的始愿。我在伦敦政治经济学院里混了半年,正感着闷想换路走的时候,我

---

① 福禄泰尔:今译伏尔泰。

认识了狄更生先生。狄更生（Galsworthy Lowes Dickinson）是一个有名的作者，他的《一个中国人通信》（Letters From John Chinaman）与《一个现代聚餐谈话》（A Modern Symposium）两本小册子早得了我的景仰。我第一次会着他是在伦敦国际联盟协会席上，那天林宗孟先生演说，他做主席；第二次是宗孟寓里吃茶，有他。以后我常到他家里去。他看出我的烦闷，劝我到康桥去，他自己是王家学院（King's College）的Fellow。我就写信去问两个学院，回信都说学额早满了，随后还是狄更生先生替我去在他的学院里说好了，给我一个特别生的资格，随意选科听讲。从此黑方巾黑披袍的风光也被我占着了。初起我在离康桥六英里的乡下叫沙士顿地方租了几间小屋住下，同居的有我从前的夫人张幼仪女士与郭虞裳君。每天一早我坐街车（有时骑自行车）上学，到晚回家。这样的生活过了一个春，但我在康桥还只是个陌生人，谁都不认识，康桥的生活，可以说完全不曾尝着，我知道的只是一个图书馆，几个课室，和三两个吃便宜饭的茶食铺子。狄更生常在伦敦或是大陆上，所以也不常见他。那年的秋季我一个人回到康桥，整整有一学年，那时我才有机会接近真正的康桥生活，同时我也慢慢的"发现"了康桥。我不曾知道过更大的愉快。

二

"单独"是一个耐寻味的现象。我有时想它是任何发现的第一个条件。你要发现你的朋友的"真"，你得有与他单独的机会。你要发现你自己的真，你得给你自己一个单独的机会。你要发现一个地方（地方一样有灵性），你也得有单独玩的机会。我们这一辈子，认真说，能认识几个人？能认识几个地方？我们都是太匆忙，太没有单独的机会。说实话，我连我的本乡都没有什么了解。康桥我要算是有相当交情的，再次许只有新认识的翡冷翠了。啊，那些清晨，那些黄昏，我一个人发痴似的在康桥！绝对的单独。

但一个人要写他最心爱的对象，不论是人是地，是多么使他为难的一个工作？你怕，你怕描坏了它，你怕说过分了恼了它，你怕说太谨慎了辜负了它。我现在想写康桥，也正是这样的心理，我不曾写，我就知道这回是写不好的——况且又是临时逼出来的事情。但我却不能不写，上期预告已经出去了。我想勉强分两节写，一是我所知道的康桥的天然景色，一是我所知道的康桥的学生生活。我今晚只能极简的写些,等以后有兴会时再补。

三

康桥的灵性全在一条河上;康河,我敢说,是全世界最秀丽的一条水。河的名字是葛兰大(Granta),也有叫康河(River Cam)的,许有上下流的区别,我不甚清楚。河身多的是曲折,上游是有名的拜伦潭("Byron's Pool"),当年拜伦常在那里玩的;有一个老村子叫格兰骞斯德,有一个果子园,你可以躺在累累的桃李树荫下吃茶,花果会掉入你的茶杯,小雀子会到你桌上来啄食,那真是别有一番天地,这是上游;下游是从骞斯德顿下去,河面展开,那是春夏间竞舟的场所。上下河分界处有一个坝筑,水流急得很,在星光下听水声,听近村晚钟声,听河畔倦牛刍草声,是我康桥经验中最神秘的一种:大自然的优美,宁静,调谐在这星光与波光的默契中不期然的淹入了你的性灵。

但康河的精华是在它的中段,著名的"Backs"[①],这两岸是几个最蜚声的学院的建筑。从上面下来是 Pembroke, St. Katharine's, King's, Clare, Trinity, St. John's[②]。最令人流连的一节是克莱亚与皇家学院的毗连处,克莱亚的秀丽紧邻着皇家教堂(King's Chapel)的宏伟。别的地方尽有更美更庄严的建筑,例如巴黎塞纳河的罗浮宫一带,威尼斯的利阿尔多大桥的两岸,翡冷翠维基乌大桥的周遭;但康桥的"Backs"自有它的特长,这不容易用一两个状词来概括,它那脱尽尘埃气的一种清澈秀逸的意境可说是超出了画图而化生了音乐的神味。再没有比这一群建筑更调谐更匀称的了!论画,可比的许只有柯罗(Corot)的田野;论音乐,可比的许只有萧邦(Chopin)的夜曲。就这也不能给你依稀的印象,它给你的美感简直是神灵性的一种。

假如你站在皇家学院桥边的那棵大桔树荫下眺望,右侧面,隔着一大方浅草坪,是我们的校友居(Fellows Building),那年代并不早,但它的妩媚也是不可掩的,它那苍白的石壁上春夏间满缀着艳色的蔷薇在和风中摇头,更移左是那教堂,森林似的尖阁不可浼的永远直指着天空;更左是克莱亚,啊!那不可信的玲珑的方庭,谁说这不是圣克莱亚(St. Clare)的化身,哪一块石上不闪耀着她当年圣洁

---

① Backs:剑桥大学后花园,以景色优美著称。
② 分别为剑桥大学六个著名学院的名称。

的精神？在克莱亚后背隐约可辨的是康桥最潇贵最骄纵的三一学院（Trin-ity），它那临河的图书楼上坐镇着拜伦神采惊人的雕像。

但这时你的注意早已叫克莱亚的三环洞桥魔术似的摄住。你见过西湖白堤上的西泠断桥不是（可怜它们早已叫代表近代丑恶精神的汽车公司给铲平了，现在它们跟着苍凉的雷峰塔永远辞别了人间）？你忘不了那桥上斑驳的苍苔，木栅的古色，与那桥拱下泄露的湖光与山色不是？克莱亚并没有那样体面的衬托，它也不比庐山栖贤寺旁的观音桥，上瞰五老的奇峰，下临深潭与飞瀑；它只是怯怜怜的一座三环洞的小桥，它那桥洞间也只掩映着细纹的波鄰与婆娑的树影，它那桥上栉比的小穿阑与阑节顶上双双的白石球，也只是村姑子头上不夸张的香草与野花一类的装饰；但你凝神的看着，更凝神的看着，你再反省你的心境，看还有一丝屑的俗念沾滞不？只要你审美的本能不曾泪灭时，这是你的机会实现纯粹美感的神奇！

但你还得选你赏鉴的时辰。英国的天时与气候是走极端的。冬天是荒谬的坏，逢着连绵的雾盲天你一定不迟疑的甘愿进地狱本身去试试；春天（英国是几乎没有夏天的）是更荒谬的可爱，尤其是它那四五月间最渐缓最艳丽的黄昏，那才真是寸寸黄金。在康河边上过一个黄昏是一服灵魂的补剂。啊！我那时蜜甜的单独，那时蜜甜的闲暇。一晚又一晚的，只见我出神似的倚在桥阑上向西天凝望：——

> 看一回宁静的桥影，
> 数一数螺细的波纹：
> 我倚暖了石阑的青苔，
> 青苔凉透了我的心坎……

还有几句更笨重的怎能仿佛那游丝似轻妙的情景：

> 难忘七月的黄昏，远树凝寂，
> 像墨泼的山形，衬出轻柔暝色，
> 密稠稠，七分鹅黄，三分橘绿，
> 那妙意只可去秋梦边缘捕捉……

四

　　这河身的两岸都是四季常青最葱翠的草坪。从校友居的楼上望去，对岸草场上，不论早晚，永远有十数匹黄牛与白马，胫蹄没在恣蔓的草丛中，从容地在咬嚼，星星的黄花在风中动荡，应和着它们尾鬃的扫拂。桥的两端有斜倚的垂柳与掬荫护住。水是澈底的清澄，深不足四尺，匀匀的长着长条的水草。这岸边的草坪又是我的爱宠，在清早，在傍晚，我常去这天然的织锦上坐地，有时读书，有时看水；有时仰卧着看天空的行云，有时反扑着搂抱大地的温软。

　　但河上的风流还不止两岸的秀丽。你得买船去玩。船不止一种：有普通的双桨划船，有轻快的薄皮舟（canoe），有最别致的长形撑篙船（punt）。最末的一种是别处不常有的：约莫有二丈长，三尺宽，你站直在船艄上用长竿撑着走的。这撑是一种技术。我手脚太蠢，始终不曾学会。你初起手尝试时，容易把船身横住在河中，东颠西撞的狼狈。英国人是不轻易开口笑人的，但是小心他们不出声的皱眉！也不知有多少次河中本来悠闲的秩序叫我这莽撞的外行给捣乱了。我真的始终不曾学会；每回我不服输跑去租船再试的时候，有一个白胡子的船家往往带讥讽地对我说："先生，这撑船费劲，天热累人，还是拿个薄皮舟溜溜吧！"我哪里肯听话，长篙子一点就把船撑了开去，结果还是把河身一段段的腰斩了去！

　　你站在桥上去看人家撑，那多不费劲，多美！尤其在礼拜天有几个专家的女郎，穿一身缟素衣服，裙裾在风前悠悠的飘着，戴一顶宽边的薄纱帽，帽影在水草间颤动，你看她们出桥洞时的姿态，捻起一根竟像没分量的长竿，只轻轻的，不经心的往波心里一点，身子微微的一蹲，这船身便波的转出了桥影，像条鱼似的向前滑了去。她们那敏捷，那闲暇，那轻盈，真是值得歌咏的。

　　在初夏阳光渐暖时你去买一支小船，划去桥边荫下躺着念你的书或是做你的梦，槐花香在水面上漂浮，鱼群的唼喋声在你的耳边挑逗。或是在初秋的黄昏，近着新月的寒光，望上流僻静处远去。爱热闹的少年们携着他们的女友，在船沿上支着双双的东洋彩纸灯，带着话匣子，船心里用软垫铺着，也开向无人迹处去享他们的野福——谁不爱听那水底翻的音乐在静定的河上描写梦意与春光！

　　住惯城市的人不易知道季候的变迁。看见叶子掉知道是秋，看见叶子绿知道是春；天冷了装炉子，天热了拆炉子；脱下棉袍，换上夹袍，脱下夹袍，穿上单袍；不过如此罢了。天上星斗的消息，地下泥土里的消息，空中风吹的消息，都不关我们的事。忙着哪，这样那样事情多着，谁耐烦管星星的转移，花草的消长，风云的变幻？同时我们抱怨我们的生活，苦痛，烦闷，拘束，枯燥，谁肯承认做人是快乐？谁不多少间诅咒人生？

　　但不满意的生活大都是由于自取的。我是一个生命的信仰者，我信生活绝不是我们大多数人仅仅从自身经验推得的那样暗惨。我们的病根是在"忘本"。人是自然的产儿，就比枝头的花与鸟是自然的产儿；但我们不幸是文明人，入世深似一天，离自然远似一天。离开了泥土的花草，离开了水的鱼，能快活吗？能生存吗？从大自然，我们取得我们的生命；从大自然，我们应分取得我们继续的资养。哪一株婆娑的大木没有盘错的根柢深入在无尽藏的地里？我们是永远不能独立的。有幸福是永远不离母亲抚育的孩子，有健康是永远接近自然的人们。不必一定与鹿豕游，不必一定回"洞府"去；为医治我们当前生活的枯窘，只要"不完全遗忘自然"一张轻淡的药方我们的病象就有缓和的希望。在青草里打几个滚，到海水里洗几次浴，到高处去看几次朝霞与晚照——你肩背上的负担就会轻松了去的。

　　这是极肤浅的道理，当然。但我要没有过过康桥的日子，我就不会有这样的自信。我这一辈子就只那一春，说也可怜，算是不曾虚度。就只那一春，我的生活是自然的，是真愉快的！（虽则碰巧那也是我最感受人生痛苦的时期。）我那时有的是闲暇，有的是自由，有的是绝对单独的机会。说也奇怪，竟像是第一次，我辨认了星月的光明，草的青，花的香，流水的殷勤。我能忘记那初春的睥睨吗？曾经有多少个清晨我独自冒着冷去薄霜铺地的林子里闲步——为听鸟语，为盼朝阳，为寻泥土里渐次苏醒的花草，为体会最微细最神妙的春信。啊，那是新来的画眉在那边涧不尽的青枝上试它的新声！啊，这是第一朵小雪球花挣出了半冻的地面！啊，这不是新来的潮润沾上了寂寞的柳条？

　　静极了，这朝来水溶溶的大道，只远处牛奶车的铃声，点缀这周遭的沉默。顺着这大道走去，走到尽头，再转入林子里的小径，往烟雾浓密处走去，头顶是交枝的榆荫，透露着漠愣愣的曙色；再往前走去，走尽这林子，当前是平坦的原野，望见了村舍，初青的麦田，更远三两个馒形的小山掩住了一条通道。天边是雾茫茫的，尖尖的黑影是近村的教寺。听，那晓钟和缓的清音。这一带是此邦中部的平原，地形像是海里的轻波，默沉沉的起伏；山岭是望不见的，有的是常青的草原与沃腴的田壤。登那土阜上望去，康桥只是一带茂林，拥戴着几处娉婷的尖阁。妩媚的康河也望不见踪迹，你只能循着那锦带似的林木想象那一流清浅。村舍与树林是这地盘上的棋子，有村舍处有佳荫，有佳荫处有村舍，这早起是看炊烟的时辰：朝雾渐渐的升起，揭开了这灰苍苍的天幕（最好是微霰后的光景），远近的炊烟，成丝的，成缕的，成卷的，轻快的，迟重的，浓灰的，淡青的，惨白的，在静定的朝气里渐渐的上腾，渐渐的不见，仿佛是朝来人们的祈祷，参差的翳入了天厅。朝阳是难得见的，这初春的天气。但它来时是起早人莫大的愉快。顷刻间这田野添深了颜色，一层轻纱似的金粉糁上了这草，这树，这通道，这庄舍。顷刻间这周遭弥漫了清晨富丽的温柔。顷刻间你的心怀也分润了白天诞生的光荣。"春"！这胜利的晴空仿佛在你的耳边私语。"春"！你那快活的灵魂也仿佛在那里回响。

……

伺候着河上的风光，这春来一天有一天的消息。关心石上的苔痕，关心败草里的花鲜，关心这水流的缓急，关心水草的滋长，关心天上的云霞，关心新来的鸟语。怯怜怜的小雪球是探春信的小使。铃兰与香草是欢喜的初声。窈窕的莲馨，玲珑的石水仙，爱热闹的克罗克斯，耐辛苦的蒲公英与雏菊——这时候春光已是烂漫在人间，更不须殷勤问讯。

瑰丽的春放，这是你野游的时期。可爱的路政，这里不比中国，哪一处不是坦荡荡的大道？徒步是一个愉快，但骑自转车是一个更大的愉快。在康桥骑车是普遍的技术；妇人，稚子，老翁，一致享受这双轮舞的快乐。（在康桥听说自转车是不怕人偷的，就为人人都自己有车，没人要偷。）任你选一个方向，任你上一条通道，顺着这带草味的和风，放轮远去，保管你这半天的逍遥是你性灵的补剂。这道上有的是清荫与美草，随地都可以供你休憩。你如爱花，这里多的是锦绣似的草原。你如爱鸟，这里多的是巧啭的鸣禽。你如爱儿童，这乡间到处是可亲的稚子。你如爱人情，这里多的是不嫌远客的乡人，你到处可以"挂单"借宿，有酪浆与嫩薯供你饱餐，有夺目的果鲜恣你尝新。你如爱酒，这乡间每"望"都为你储有上好的新酿，黑啤如太浓，苹果酒、姜酒都是供你解渴润肺的。……带一卷书，走十里路，选一块清静地，看天，听鸟，读书，倦了时，和身在草绵绵处寻梦去——你能想象更适情更适性的消遣吗？

陆放翁有一联诗句："传呼快马迎新月，却上轻舆趁晚凉"；这是做地方官的风流。我在康桥时虽没马骑，没轿子坐，却也有我的风流：我常常在夕阳西晒时骑了车迎着天边扁大的日头直追。日头是追不到的，我没有夸父的荒诞，但晚景的温存却被我这样偷尝了不少。有三两幅画图似的经验至今还是栩栩的留着。只说看夕阳，我们平常只知道登山或是临海，但实际只需辽阔的天际，平地上的晚霞有时也是一样的神奇。有一次我赶到一个地方，手把着一家村庄的篱笆，隔着一大田的麦浪，看西天的变幻。有一次是正冲着一条宽广的大道，过来一大群羊，放草归来的，偌大的太阳在它们后背放射着万缕的金辉，天上却是乌青青的，只剩这不可逼视的威光中的一条大路，一群生物！我心头顿时感着神异性的压迫，我真地跪下了，对着这冉冉渐翳的金光。再有一次是更不可忘的奇景，那是临着一大片望不到头的草原，满开着艳红的罂粟，在青草里亭亭的像是万盏的金灯，阳光从褐色云里斜着过来，幻成一种异样的紫色，透明似的不可逼视，刹那间在我迷眩了的视觉中，这草田变成了……不说也罢，说来你们也是不信的！

一别二年多了，康桥，谁知我这思乡的隐忧？也不想别的，我只要那晚钟撼动的黄昏，没遮拦的田野，独自斜倚在软草里，看第一个大星在天边出现！

自　剖

我是个好动的人；每回我身体行动的时候，我的思想也仿佛就跟着跳荡。我做的诗，不论它们是怎样的"无聊"，有不少是在行旅期中想起的。我爱动，爱看动的事物，爱活泼的人，爱水，爱空中的飞鸟，爱车窗外掣过的田野山水。星光的闪动，草叶上露珠的颤动，花须在微风中的摇动，雷雨时云空的变动，大海中波涛的汹涌，都是在在触动我感性的情景。是动，不论是什么性质，就是我的兴趣，我的灵感。是动就会催快我的呼吸，加添我的生命。

近来却大大的变样了。第一我自身的肢体，已不如原先灵活；我的心也同样的感受了不知是年岁还是什么的拘挛。动的现象再不能给我欢喜，给我启示。先前我看着在阳光中闪烁的金波，就仿佛看见了神仙宫阙——什么荒诞美丽的幻

自剖

觉,在我的脑中一闪闪的掠过;现在不同了,阳光只是阳光,流波只是流波,任凭景色怎样的灿烂,再也照不化我的呆木的心灵。我的思想,如其偶尔有,也只似岩石上的藤萝,贴着枯干的粗糙的石面,极困难的蜒着;颜色是苍黑的,姿态是倔强的。

我自己也不懂得何以这变迁来得这样的突兀,这样的深彻。原先我在人前自觉竟是一注的流泉,在在有飞沫,在在有闪光;现在这泉眼,如其还在,仿佛是叫一块石板不留余隙的给镇住了。我再没有先前那样蓬勃的情趣,每回我想说话的时候,就觉着那石块的重压,怎么也掀不动,怎么也推不开,结果只能自安沉默!"你再不用想什么了,你再没有什么可想的了";"你再不用开口了,你再没有什么话可说的了",我常觉得我沉闷的心府里有这样半嘲讽半吊唁的谆嘱。

说来我思想上或经验上也并不曾经受什么过分剧烈的戟刺。我处境是向来顺的,现在,如其有不同,只是更顺了的。那么为什么这变迁?远的不说,就比如我年前到欧洲去时的心境:啊!我那时还不是一只初长毛角的野鹿?什么颜色不激动我的视觉,什么香味不奋兴我的嗅觉?我记得我在意大利写游记的时候,情绪是何等的活泼,兴趣何等的醇厚,一路来眼见耳听心感的种种,哪一样不活栩栩的丛集在我的笔端,争求充分的表现!如今呢?我这次到南方去,来回也有一个多月的光景,这期内眼见耳听心感的事物也该有不少。我未动身前,又何尝不自喜此去又可以有机会饱餐西湖的风色,邓尉的梅香——单提一两件最合我脾胃的事。有好多朋友也曾期望我在这闲暇的假期中采集一点江南风趣,归来时,至少也该带回一两篇爽口的诗文,给在北京泥土的空气中活命的朋友们一些清醒的消遣。但在事实上不但在南中时我白瞪着大眼,看天亮换天昏,又闭上了眼,拼天昏换天亮,一枝秃笔跟着我涉海去,又跟着我涉海回来,正如岩洞里的一根石笋,压根儿就没一点摇动的消息;就在我回京后这十来天,任凭朋友们怎样的催促,自己良心怎样的责备,我的笔尖上还是滴不出一点墨汁来。我也曾勉强想想,勉强想写,但到底还是白费!可怕是这心灵骤然的呆钝。完全死了不成?我自己在疑惑。

说来是时局也许有关系。我到京几天就逢着空前的血案。五卅事件发生时我正在意大利山中,采茉莉花编花篮儿玩,翡冷翠山中只见明星与流萤的交唤,花香与山色的温存,俗氛是吹不到的。直到七月间到了伦敦,我才理会国内风光的

惨淡，等得我赶回来时，设想中的激昂，又早变成了明日黄花，看得见的痕迹只有满城黄墙上墨彩斑斓的"泣告"！

爱和平是我的生性。在怨毒，猜忌，残杀的空气中，我的神经每每感受一种不可名状的压迫。记得前年奉直战争时我过的那日子简直是一团黑漆，每晚更深时，独自抱着脑壳伏在书桌上受罪，仿佛整个时代的沉闷盖在我的头顶——直到写下了《毒药》那几首不成形的诅咒诗以后，我心头的紧张才渐渐的缓和下去。这回又有同样的情形；只觉着烦，只觉着闷，感想来时只是破碎，笔头只是笨滞。结果身体也不舒畅，像是蜡油涂抹住了全身毛窍似的难过，一天过去了又是一天，我这里又在重演更深独坐箍紧脑壳的姿势，窗外皎洁的月光，分明是在嘲讽我内心的枯窘！

不，我还得往更深处挖。我不能叫这时局来替我思想骤然的呆钝负责，我得往我自己生活的底里找去。

平常有几种原因可以影响我们的心灵活动。实际生活的牵制可以劫去我们心灵所需要的闲暇，积成一种压迫。在某种热烈的想望不曾得满足时，我们感觉精神上的烦闷与焦躁，失望更是颠覆内心平衡的一个大原因；较剧烈的种类可以麻痹我们的灵智，淹没我们的理性。但这些都合不上我的病源；因为我在实际生活里已经得到十分的幸运，我的潜在意识里，我敢说不该有什么压着的欲望在作怪。

但是在实际上反过来看，另有一种情形可以阻塞或是减少你心灵的活动。我们知道舒服，健康，幸福，是人生的目标，我们因此推想我们痛苦的起点是在望见那些目标而得不到的时候。我们常听人说"假如我像某人那样生活无忧我一定可以好好的做事，不比现在整天的精神全花在琐碎的烦恼上"。我们又听说"我不能做事就为身体太坏，若是精神来得，那就……"我们又常常设想幸福的境界，我们想"只要有一个意中人在跟前那我一定奋发，什么事做不到？"但是不，在事实上，舒服，健康，幸福，不但不一定是帮助或奖励心灵生活的条件，它们有时正得相反的效果。我们看不起有钱人，在社会上得意人，肌肉过分发展的运动家，也正在此；至于年少人幻想中的美满幸福，我敢说等得当真有了红袖添香，你的书也就读不出所以然来，且不说什么在学问上或艺术上更认真的工作。

自 剖

那末生活的满足是我的病源吗？

"在先前的日子，"一个真知我的朋友，就说："正为是你生活不得平衡，正为你有欲望不得满足，你的压在内里的 Libido① 就形成一种升华的现象，结果你就借文学来发泄你生理上的郁结（你不常说你从事文学是一件不预期的事吗？）；这情形又容易在你的意识里形成一种虚幻的希望，因为你的写作得到一部分赞许，你就自以为确有相当创作的天赋以及独立思想的能力。但你只是自冤自，实在你并没有什么超人一等的天赋，你的设想多半是虚荣，你的以前的成绩只是升华的结果。所以现在等得你生活换了样，感情上有了安顿，你就发现你向来写作的来源顿呈萎缩甚至枯竭的现象；而你又不愿意承认这情形的实在，妄想到你身子以外去找你思想枯窘的原因，所以你就不由的感到深刻的烦闷。你只是对你自己生气，不甘心承认你自己的本相。不，你原来并没有三头六臂的！

"你对文艺并没有真兴趣，对学问并没有真热心。你本来没有什么更高的志愿，除了相当合理的生活，你只配安分做一个平常人，享你命里注定的'幸福'；在事业界，在文艺创作界，在学问界内，全没有你的位置，你真的没有那能耐。不信你只要自问在你心里的心里有没有那无形的'推力'，整天整夜的恼着你，逼着你，督着你，放开实际生活的全部，单望着不可捉摸的创作境界里去冒险？是的，顶明显的关键就是那无形的推力或是冲动（The Impulse），没有它人类就没有科学，没有文学，没有艺术，没有一切超越功利实用性质的创作。你知道在国外（国内当然也有，许没那样多）有多少人被这无形的推力驱使着，在实际生活上变成一种离魂病性质的变态动物，不但人间所有的虚荣永远沾不上他们的思想，就连维持生命的睡眠饮食，在他们都失了重要，他们全部的心力只是在他们那无形的推力所指示的特殊方向上集中应用。怪不得有人说天才是疯癫；我们在巴黎、伦敦不就到处碰得着这类怪人？如其他是一个美术家，恼着他的就只怎样可以完全表现他那理想中的形体；一个线条的准确，某种色彩的调谐，在他会得比他生身父母的生死与国家的存亡更重要，更迫切，更要求注意。我们知道专门学者有终身掘坟墓的，研究蚊虫生理的，观察亿万万里外一个星的动定的。并且他们绝不问社会对于他们的劳力有否任何的认识，那就是虚荣的进

---

① Libido：力比多，心理学家弗洛伊德所创的心理分析学用语。

路；他们是被一点无形的推力的魔鬼蛊定了的。

"这是关于文艺创作的话。你自问有没有这种情形。你也许经验过什么'灵感'，那也许有，但你却不要把刹那误认作永久的，虚幻认作真实。至于说思想与真实学问的话，那也得背后有一种推力，方向许不同，性质还是不变。做学问你得有原动的好奇心，得有天然热情的态度去做求知识的工夫。真思想家的准备，除了特强的理智，还得有一种原动的信仰；信仰或寻求信仰，是一切思想的出发点；极端的怀疑派思想也只是期望重新位置信仰的一种努力。在他们，各按各的倾向，一切人生的和理智的问题是实在有的；神的有无，善与恶，本体问题，认识问题，意志自由问题，在他们看来都是含逼迫性的现象，要求合理的解答——比山岭的崇高，水的流动，爱的甜蜜更真，更实在，更耸动。他们的一点心灵，就永远在他们设想的一种或多种问题的周围飞舞，旋绕，正如灯蛾之于火焰：牺牲自身来贯彻火焰中心的秘密，是他们共有的决心。

"这种惨烈的情形，你怕也没有吧？我不说你的心幕上就没有思想的影子；但它们怕只是虚影，像水面上的云影，云过影子就跟着消散，不是石上的溜痕越日久越深刻。"

"这样说下来，你倒可以安心了！因为个人最大的悲剧是设想一个虚无的境界来诳骗你自己；骗不到底的时候你就得忍受'幻灭'的莫大的苦痛。与其那样，还不如及早认清自己的深浅，不要把不必要的负担，放上支撑不住的肩背，压坏你自己，还难免旁人的笑话！朋友，不要迷了，定下心来享你现成的福分吧；思想不是你的分，文艺创作不是你的分，独立的事业更不是你的分！天生抗了重担来的那也没法想（那一个天才不是活受罪！），你是原来轻松的，这是多可羡慕，多可贺喜的一个发现！算了吧，朋友！"

再　剖

你们知道喝醉了想吐吐不出或是吐不爽快的难受不是？这就是我现在的苦恼；肠胃里一阵阵的作恶，腥腻从食道里往上泛，但这喉关偏跟你别扭，它捏住你，逼住你，逗着你——不，它且不给你痛快哪！前天那篇《自剖》，就比是哇出来的几口苦水，过后只是更难受，更觉着往上冒。我告你我想要怎么样。我要孤寂：要一个静极了的地方——森林的中心，山洞里，牢狱的暗室里——再没有外界的影响来逼迫或引诱你的分心，再不须计较旁人的意见，喝彩或是嘲笑；当前唯一的对象是你自己：你的思想，你的感情，你的本性。那时它们再不会躲避，不会隐遁，不会装作；赤裸裸的听凭你察看，检验，审问。你可以放胆解去你最后的一缕遮盖，袒露你最自怜的创伤，最掩讳的私亵。那才是你痛快一吐的机会。

　　但我现在的生活情形不容我有那样一个时机。白天太忙（在人前一个人的灵性永远是蜷缩在壳内的蜗牛），到夜间，比如此刻，静是静了，人可又倦了，惦着明天的事情又不得不早些休息。啊，我真羡慕我台上放着那块唐砖上的佛像，他在他的莲台上瞑目坐着，什么都摇不动他那入定的圆澄。我们只是在烦恼网里过日子的众生，怎敢企望那光明无碍的境界！有鞭子下来，我们躲；见好吃的，我们垂涎；听声响，我们着忙；逢着痛痒，我们着恼。我们是鼠，是狗，是刺猬，是天上星星与地上泥土间爬着的虫。哪里有工夫，即使你有心想亲近你自己？哪里有机会，即使你想痛快的一吐？

　　前几天也不知无形中经过几度挣扎，才呕出那几口苦水，这在我虽则难受还是照旧，但多少总算是发泄。事后我私下觉着愧悔，因为我不该拿我一己苦闷的骨鲠，强读者们陪着我吞咽。是苦水就不免熏蒸的恶味。我承认这完全是我自私的行为，不敢望恕的。我唯一的解嘲是这几口苦水的确是从我自己的肠胃里呕出——不是去脏水桶里舀来的。我不曾期望同情，我只要朋友们认识我的深浅——（我的浅？）我最怕朋友们的容宠容易形成一种虚拟的期望；我这操刀自剖的一个目的，就在及早解卸我本不该扛上的担负。

　　是的，我还得往底里挖，往更深处剖。

　　最初我来编辑副刊，我有一个愿心。我想把我自己整个儿交给能容纳我的读者们，我心目中的读者们，说实话，就只这时代的青年。我觉着只有青年们的心窝里有容我的空隙，我要偎着他们的热血，听他们的脉搏。我要在我自己的情感里发现他们的情感，在我自己的思想里反映他们的思想。假如编辑的意义只是选稿，配版，付印，拉稿，那还不如去做银行的伙计——有出息得多。我接受编辑晨副的机会，就为这不单是机械性的一种任务。（感谢《晨报》主人的信任与容忍。）晨副变了我的喇叭，从这管口里我有自由吹弄我古怪的不调谐的音调，它

是我的镜子,在这平面上描画出我古怪的不调谐的形状。我也绝不掩饰我的原形:我就是我。记得我第一次与读者们相见,就是一篇供状。我的经过,我的深浅,我的偏见,我的希望,我都曾经再三的声明,怕是你们早听厌了。但初起我有一种期望是真的——期望我自己。也不知那时间为什么原因我竟有那活愣愣的一副勇气。我宣言我自己跳进了这现实的世界,存心想来对准人生的面目认他一个仔细。我信我自己的热心(不是知识)多少可以给我一些对敌力量的。我想拼这一天,把我的血肉与灵魂,放进这现实世界的磨盘里去挨,锯齿下去拉,——我就要尝那味儿!只有这样,我想,才可以期望我主办的刊物多少是一个有生命气息的东西;才可以期望在作者与读者间发生一种活的关系;才可以期望读者们觉着这一长条报纸与黑的字印的背后,的确至少有一个活着的人与一个动着的心,他的把握是在你的腕上,他的呼吸吹在你的脸上,他的欢喜,他的惆怅,他的迷惑,他的伤悲,就比是你自己的,的确是从一个可认识的主体上发出来的变化——是站在台上人的姿态,——不是投射在白幕上的虚影。

并且我当初也并不是没有我的信念与理想。有我崇拜的德性,有我信仰的原则,有我爱护的事物,也有我痛疾的事物。往理性的方向走,往爱心与同情的方向走,往光明的方向走,往真的方向走,往健康快乐的方向走,往生命,更多更大更高的生命方向走——这是我那时的一点"赤子之心"。我恨的是这时代的病象,什么都是病象:猜忌,诡诈,小巧,倾轧,挑拨,残杀,互杀,自杀,忧愁,作伪,肮脏。我不是医生,不会治病;我就有一双手,趁它们活灵的时候,我想,或许可以替这时代打开几扇窗,多少让空气流通些,浊的毒性的出去,清醒的洁净的进来。

但紧接着我的狂妄的招摇,我最敬畏的一个前辈(看了我的吊刘叔和文)就给我当头一棒:——

"……既立意来办报而且郑重宣言'决意改变我对人的态度',那么自己的思想就得先磨冶一番,不能单凭主觉,随便说了就算完事。迎上前去,不要又退了回来!一时的兴奋,是无用的,说话越觉得响亮起劲,跳踯有力,其实即是内心的虚弱,何况说出衰颓懊丧的语气,教一般青年看了,更给他们以可怕的影响,似乎不是志摩这番挺身出马的本意！……"

迎上前去，不要又退了回来！这一喝这几个月来就没有一天不在我"虚弱的内心"里回响。实际上自从我喊出"迎上前去"以后，即使不曾撑开了往后退，至少我自己觉不得我的脚步曾经向前挪动。今天我再不能容我自己这梦梦的下去。算清亏欠，在还算得清的时候，总比窝着浑着强。我不能不自剖。冒着"说出衰颓懊丧的语气"的危险，我不能不利用这反省的锋刃，劈去纠着我心身的累赘、淤积，或许这来倒有自我真得解放的希望！

想来这做人真是奥妙。我信我们的生活至少是复性的。看得见，觉得着的生活是我们的显明的生活，但同时另有一种生活，跟着知识的开豁逐渐胚胎，成形，活动，最后支配前一种的生活，比是我们投在地上的身影，跟着光亮的增加渐渐由模糊化成清晰，形体是不可捉的，但它自有它的奥妙的存在。你动它跟着动，你不动它跟着不动。在实际生活的匆遽中，我们不易辨认另一种无形的生活的并存，正如我们在阴地里不见我们的影子；但到了某时候某境地忽地发现了它，不容否认的踵接着你的脚跟，比如你晚间步月时发现你自己的身影。它是你的性灵的或精神的生活。你觉到你有超实际生活的性灵生活的俄顷，是你一生的一个大关键！你许到极迟才觉悟（有人一辈子不得机会），但你实际生活中的经验，动作，思想，没有一丝一屑不同时在你那跟着长成的性灵生活中留着"对号的存根"，正如你的影子不放过你的一举一动，虽则你不注意到或看不见。

我这时候就比是一个人初次发现他有影子的情形。惊骇，讶异，迷惑，耸悚，猜疑，恍惚同时并起，在这辨认你自身另有一个存在的时候。我这辈子只是在生活的道上盲目地前冲，一时坠入一个泥潭，一时踏折一枝草花，只是这无目的地奔驰；从哪里来，向哪里去，现在在哪里，该怎么走，这些根本的问题却从不曾到我的心上。但这时候突然的，恍然地我惊觉了。仿佛是一向跟着我形体奔波的影子忽然阻住了我的前路，责问我这匆匆的究竟是为什么！

一种新意识的诞生。这来我再不能盲冲，我至少得认明来踪与去迹，该怎样走法如其有目的地，该怎样准备如其前程还在遥远？

啊，我何尝愿意吞这果子，早知有这么多的麻烦！现在我第一要考查明白的是这"我"究竟是怎么一回事；然后再决定掉落在这生活道上的"我"的赶路方

法。以前种种动作是没有这新意识作主宰的；此后，什么都得由它。

想 飞

假如这时候窗子外有雪——街上，城墙上，屋脊上，都是雪，胡同口一家屋檐下偎着一个戴黑兜帽的巡警，半拢着睡眼，看棉团似的雪花在半空中跳着玩……假如这夜是一个深极了的啊，不是壁上挂钟的时针指示给我们看的深夜，这深就比是一个山洞的深，一个往下钻螺旋形的山洞的深……

假如我能有这样一个深夜，它那无底的阴森捻起我遍体的毫管；再能有窗子外不住往下筛的雪，筛淡了远近间飐动的市谣，筛泯了在泥道上挣扎的车轮，筛灭了脑壳中不妥协的潜流……

我要那深，我要那静。那在树荫浓密处躲着的夜鹰轻易不敢在天光还在照亮时出来睁眼。思想：它也得等。

青天里有一点子黑的。正冲着太阳耀眼，望不真，你把手遮着眼，对着那两株树缝里瞧，黑的，有榧子来大，不，有桃子来大——嘿，又移着往西了！

我们吃了中饭出来到海边去。（这是英国康槐尔极南的一角，三面是大西洋。）勋丽丽的叫响从我们的脚底下匀匀的往上颤，齐着腰，到了肩高，过了头顶，高入了云，高出了云。啊！你能不能把一种急震的乐音想象成一阵光明的细雨，从蓝天里冲着这平铺着青绿的地面不住的下？不，那雨点都是跳舞的小脚，安琪儿的。云雀们也吃过了饭，离开了它们卑微的地巢飞往高处做工去。上帝给它们的工作，替上帝做的工作。瞧着，这儿一只，那边又起了两！一起就冲着天顶飞，小翅膀动活的多快活，圆圆的，不踌躇的飞，——它们就认识青天。一起就开口唱，小嗓子活动的多快活，一颗颗小精圆珠子直往外唾，亮亮的唾，脆脆的唾，——它们赞美的是青天。瞧着，这飞得多高，有豆子大，有芝麻大，黑刺刺的一屑，直顶着无底的天顶细细的摇，——这全看不见了，影子都没了！但这光明的细雨还是不住的下着……

飞。"其翼若垂天之云……背负苍天，而莫之夭阏者"；那不容易见着。我

想 飞

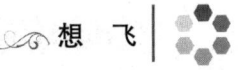

们镇上东关庙外有一座黄泥山,山顶上有一座七层的塔,塔尖顶着天。塔院里常常打钟,钟声响动时,那在太阳西晒的时候多,一枝艳艳的大红花贴在西山的鬓边回照着塔山上的云彩,——钟声响动时,绕着塔顶尖,摩着塔顶天,穿着塔顶云,有一只两只,有时三只四只有时五只六只蜷着爪往地面瞧的"饿老鹰",撑开了它们灰苍苍的大翅膀没挂恋似的在盘旋,在半空中浮着,在晚风中泅着,仿佛是按着塔院钟的波荡来练习圆舞似的。那是我做孩子时的"大鹏"。有时好天抬头不见一瓣云的时候听着貔忧忧的叫响,我们就知道那是宝塔上的饿老鹰寻食吃来了,这一想象半天里秃顶圆睛的英雄,我们背上的小翅膀骨上就仿佛豁出了一铿铿铁刷似的羽毛,摇起来呼呼响的,只一摆就冲出了书房门,钻入了玳瑁镶边的白云里玩儿去,谁耐烦站在先生书桌前晃着身子背早上上的多难背的书!啊,飞!不是那在树枝上矮矮的跳着的麻雀儿的飞;不是那凑天黑从堂屋后背冲出来赶蚊子吃的蝙蝠的飞;也不是那软尾巴软嗓子做窠在堂檐上的燕子的飞。要飞就得满天飞,风拦不住云挡不住的飞,一翅膀就跳过一座山头,影子下来遮得荫二十亩稻田的飞,到天晚飞倦了就来绕着那塔顶尖顺着风向打圆圈做梦……听说饿老鹰会抓小鸡!

  飞。人们原来都是会飞的。天使们有翅膀,会飞,我们初来时也有翅膀,会飞。我们最初来就是飞了来的,有的做完了事还是飞了去,他们是可羡慕的。但大多数人是忘了飞的,有的翅膀上掉了毛不长再也飞不起来,有的翅膀叫胶水给胶住了再也拉不开,有的羽毛叫人给修短了像鸽子似的只会在地上跳,有的拿背上一对翅膀上当铺去典钱使过了期再也赎不回……真的,我们一过了做孩子的日子就掉了飞的本领。但没了翅膀或是翅膀坏了不能用是一件可怕的事。因为你再也飞不回去,你蹲在地上呆望着飞不上去的天,看旁人有福气的一程一程的在青云里逍遥,那多可怜。而且翅膀又不比是你脚上的鞋,穿烂了可以再问妈要一双去,翅膀可不成,折了一根毛就是一根,没法给补。还有,单顾着你翅膀也还不定规到时候能飞,你这身子要是不谨慎养太肥了,翅膀力量小再也拖不起,也是一样难不是?一对小翅膀驮不起一个胖肚子,那情形多可笑!到时候你听人家高声的招呼说,朋友,回去罢,趁这天还有紫色的光,你听他们的翅膀在半空中沙沙的摇响,朵朵的春云跳过来拥着他们的肩背,望着最光明的来处翩翩的,冉冉的,轻烟似的化出了你的视域,像云雀似的只留下一泻光明的骤雨——"Thou art unseen, but yet I hear thy shrill delight"①——那你,独自在泥涂里淹着,够多难受,够多懊恼,够多寒碜!趁早留神你的翅膀,朋友。

是人没有不想飞的。老是在这地面上爬着够多厌烦,不说别的。飞出这圈子,飞出这圈子!到云端里去,到云端里去!哪个心里不成天千百遍的这么想?飞上天空去浮着,看地球这弹丸在太空里滚着,从陆地看到海,从海再看回陆地。凌空去看一个明白——这才是做人的趣味,做人的权威,做人的交代。这皮囊要是太重挪不动,就掷了它,可能的话,飞出这圈子,飞出这圈子!

人类初发明用石器的时候,已经想长翅膀,想飞。原人洞壁上画的四不像,它的背上掮着翅膀;拿着弓箭赶野兽的,他那肩背上也给安了翅膀。小爱神是有一对粉嫩的肉翅的。挨开拉斯(Icarus②)是人类飞行史里第一个英雄,第一次牺牲。安琪儿(那是理想化的人)第一个标记是帮助他们飞行的翅膀。那也有沿革——你看西洋画上的表现。最初像是一对小精致的令旗,蝴蝶似的粘在安琪儿们的背上,像真的,不灵动的。渐渐的翅膀长大了,地位安准了,毛羽丰满了。画图上的天使们长上了真的可能的翅膀。人类初次实现了翅膀的观念,彻悟了飞行的意义。挨开拉斯闪不死的灵魂,回来投生又投生。人类最大的使命,是制造翅膀;最大的成功是飞!理想的极度,想象的止境,从人到神!诗是翅膀上出世的;哲理是在空中盘旋的。飞:超脱一切,笼盖一切,扫荡一切,吞吐一切。

你上那边山峰顶上试去,要是度不到这边山峰上,你就得到这万丈的深渊里去找你的葬身地!"这人形的鸟会有一天试他第一次的飞行,给这世界惊骇,使所有的著作赞美,给他所从来的栖息处永久的光荣。"啊达文謇③!但是飞?自从挨开拉斯以来,人类的工作是制造翅膀,还是束缚翅膀?这翅膀,承上了文明的重量,还能飞吗?都是飞了来的,还都能飞了回去吗?钳住了,烙住了,压住了,——这人形的鸟会有试他第一次飞行的一天吗?……

---

① 我看不到你的身影,但能听见你高昂的欢歌。引自雪莱诗《致云雀》。

② Icarus:伊卡洛斯,希腊神话中人物,以蜡翼粘身飞离克里特岛,因不听其父警告飞得太高,蜡翼被阳光熔化,坠海而死。

③ 达文謇:今译达芬奇。

同时天上那一点子黑的已经迫近在我的头顶，形成了一架鸟形的机器，忽的机沿一侧，一球光直往下注，砰的一声炸响，——炸碎了我在飞行中的幻想，青天里平添了几堆破碎的浮云。

北戴河海滨的幻想

他们都到海边去了。我为左眼发炎不曾去。我独坐在前廊，偎坐在一张安适的大椅内，袒着胸怀，赤着脚，一头的散发，不时有风来撩拂。清晨的晴爽，不曾消醒我初起时睡态；但梦思却半被晓风吹断。我阖紧眼帘内视，只见一斑斑消残的颜色，一似晚霞的余赭，留恋地胶附在天边。廊前的马樱，紫荆，藤萝，青翠的叶与鲜红的花，都将他们的妙影映印在水汀上，幻出幽媚的情态无数；我的臂上与胸前，亦满缀了绿荫的斜纹。从树荫的间隙平望，正见海湾：海波亦似被晨曦唤醒，黄蓝相间的波光，在欣然的舞蹈。滩边不时见白涛涌起，迸射着雪样的水花。浴线内点点的小舟与浴客，水禽似的浮着；幼童的欢叫，与水波拍岸声，与潜涛呜咽声，相间的起伏，竞报一滩的生趣与乐意。但我独坐的廊前，却只是静静的，静静的无甚声响。妩媚的马樱，只是幽幽的微颭着，蝇虫也敛翅不飞。只有远近树里的秋蝉在纺纱似的缲引他们不尽的长吟。

在这不尽的长吟中，我独坐在冥想。难得是寂寞的环境，难得是静定的意境；寂寞中有不可言传的和谐，静默中有无限的创造。我的心灵，比如海滨，生平初度的怒潮，已经渐次的消翳，只剩有疏松的海沙中偶尔的回响，更有残缺的贝壳，反映星月的辉芒。此时摸索潮余的斑痕，追想当时汹涌的情景，是梦或是真，再亦不须辩问，只此眉梢的轻皱，唇边的微哂，已足解释无穷奥绪，深深的蕴伏在灵魂的微纤之中。

青年永远趋向反叛，爱好冒险；永远如初渡航海者，幻想黄金机缘于浩森的烟波之外；想割断系岸的缆绳，扯起风帆，欣欣地投入无垠的怀抱。他厌恶的是平安，自喜的是放纵与豪迈。无颜色的生涯，是他目中的荆棘；绝海与凶巘，是他爱取自由的途径。他爱折玫瑰：为她的色香，亦为她冷酷的刺毒。他爱搏狂澜：为他的庄严与伟大，亦为他吞噬一切的天才，最是激发他探险与好奇的动

机。他崇拜冲动：不可测，不可节，不可预逆，起，动，消歇皆在无形中，狂飙似的倏忽与猛烈与神秘。他崇拜斗争：从斗争中求剧烈的生命之意义，从斗争中求绝对的实在，在血染的战阵中，呼叫胜利之狂欢或歌败丧的哀曲。

幻象消灭是人生里命定的悲剧；青年的幻灭，更是悲剧中的悲剧，夜一般的沉黑，死一般的凶恶。纯粹的，猖狂的热情之火，不同阿拉丁的神灯，只能放射一时的异彩，不能永久的朗照；转瞬间，或许，便已敛熄了最后的焰舌，只留存有限的余烬与残灰，在未灭的余温里自伤与自慰。

流水之光，星之光，露珠之光，电之光，在青年的妙目中闪耀，我们不能不惊讶造化者艺术之神奇；然可怖的黑影，倦与衰与饱餍的黑影，同时亦紧紧的跟着时日进行，仿佛是烦恼，痛苦，失败，或庸俗的尾曳，亦在转瞬间，彗星似的扫灭了我们最自傲的神辉——流水涸，明星没，露珠散灭，电闪不再！

在这艳丽的日辉中，只见愉悦与欢舞与生趣，希望，闪烁的希望，在荡漾，在无穷的碧空中，在绿叶的光泽里，在虫鸟的歌吟中，在青草的摇曳中——夏之荣华，春之成功。春光与希望，是长驻的；自然与人生，是调谐的。

在远处有福的山谷内，莲馨花在坡前微笑，稚羊在乱石间跳跃，牧童们，有的吹着芦笛，有的平卧在草地上，仰看变幻的浮游的白云，放射下的青影在初黄的稻田中缥缈地移过。在远处安乐的村中，有妙龄的村姑，在流涧边照映她自制的春裙；口衔烟斗的农夫三四，在预度秋收的丰盈，老妇人们坐在家门外阳光中取暖，她们的周围有不少的儿童，手擎着黄白的钱花在环舞与欢呼。

在远——远处的人间，有无限的平安与快乐，无限的春光……

在此暂时可以忘却无数的落蕊与残红；亦可以忘却花荫中掉下的枯叶，私语地预告三秋的情意；亦可以忘却苦恼的僵瘪的人间，阳光与雨露的殷勤，不能再恢复他们腮颊上生命的微笑，亦可以忘却纷争的互杀的人间，阳光与雨露的仁慈，不能感化他们凶恶的兽性；亦可以忘却庸俗的卑琐的人间，行云与朝露的丰姿，不能引逗他们刹那间的凝视；亦可以忘却自觉的失望的人间，绚烂的春时与媚草，只能反激他们悲伤的意绪。

我亦可以暂时忘却我自身的种种；忘却我童年期清风白水似的天真；忘却我少年期种种虚荣的希冀；忘却我渐次的生命的觉悟；忘却我热烈的理想的寻求；忘却我心灵中乐观与悲观的斗争；忘却我攀登文艺高峰的艰辛；忘却刹那的启示

与彻悟之神奇；忘却我生命潮流之骤转；忘却我陷落在危险的漩涡中之幸与不幸；忘却我追忆不完全的梦境；忘却我大海底里埋着的秘密；忘却曾经剐割我灵魂的利刃，炮烙我灵魂的烈焰，摧毁我灵魂的狂飙与暴雨；忘却我的深刻的怨与艾；忘却我的冀与愿；忘却我的恩泽与惠感；忘却我的过去与现在……

过去的实在，渐渐的膨胀，渐渐的模糊，渐渐的不可辨认；现在的实在，渐渐的收缩，逼成了意识的一线，细极狭极的一线，又裂成了无数不相连续的黑点……黑点亦渐次的隐翳？幻术似的灭了，灭了，一个可怕的黑暗的空虚……

我的彼得

新近有一天晚上，我在一个地方听音乐，一个不相识的小孩，约莫八九岁光景，过来坐在我的身边，他说的话我不懂，我也不易使他懂我的话，那可并不妨事，因为在几分钟内我们已经是很好的朋友，他拉着我的手，我拉着他的手，一同听台上的音乐。他年纪虽则小，他音乐的兴趣已经很深：他比着手势告我他也有一张提琴，他会拉，并且说哪几个是他已经学会的调子。他那资质的敏慧，性情的柔和，体态的秀美，不能使人不爱；而况我本来是喜欢小孩们的。

但那晚虽则结识了一个可爱的小友，我心里却并不快爽；因为不仅见着他使我想起你，我的小彼得，并且在他活泼的神情里我想见了你，彼得，假如你长大的话，与他同年龄的影子。你在时，与他一样，也是爱音乐的；虽则你回去的时候刚满三岁，你爱好音乐的故事，从你褴褓时起，我屡次听你妈与你的"大大"讲，不但是十分的有趣可爱，竟可说是你有天赋的凭证，在你最初开口学话的日子，你妈已经写信给我，说你听着了音乐便异常的快活，说你在坐车里常常伸出你的小手在车栏上跟着音乐按拍；你稍大些会得淘气的时候，你妈说，只要把话匣开上，你便在旁边乖乖的坐着静听，再也不出声不闹：——并且你有的是可惊的口味，是贝多芬是槐格纳你就爱，要是中国的戏片，你便盖没了你的小耳，决意不让无意味的锣鼓，打搅你的清听！你的大大（她多疼你！）讲给我听你得小提琴的故事：怎样那晚上买琴来的时候，你已经在你的小床上睡好，怎样她们为怕你起来闹，赶快灭了灯亮，把琴放在你的床边，怎样你这小机灵早已看见，却偏不作声，等你妈与大大都上了床，你才偷偷地爬起来，摸着了你的宝贝，再也忍不住的你技痒，站在漆黑的床边，就开始你"截桑柴"的本领，后来怎样她们干涉了你，你便乖乖的把琴抱进你的床去，一起安眠。她们又讲你怎样欢喜拿着一根短棍站在桌上模仿音乐会的导师，你那认真的神情常常叫在座人大笑。此外还有不少趣话，大大记得最清楚，她都讲给我听过；但这几件故事已够见证你小小的灵性里早长着音乐的慧眼。实际我与你妈早经同意想叫你长大时留在德国学习音乐；——谁知道在你的早殇里我们不失去了一个可能的毛赞德[①]（Mozart）：在中国音乐最饥荒的日子，难得见这一点希冀的青芽，又教命运无情的脚根踏倒，想起怎不可伤？

　　彼得，可爱的小彼得，我"算是"你的父亲，但想起我做父亲的往迹，我心头便涌起了不少的感想；我的话你是永远听不着了，但我想借这悼念你的机会，稍稍疏泄我的积愫，在这不自然的世界上，与我境遇相似或更不如的当不在少数，因此我想说的话或许还有人听，竟许有人同情。就是你妈，彼得，她也何尝有一天接近过快乐与幸福，但她在她同样不幸的境遇中证明她的智断，她的忍耐，尤其是她的勇敢与胆量；所以至少她，我敢相信，可以懂得我话里意味的深浅，也只有她，我敢说，最有资格指证或相诠释——在她有机会时——我的情感的真际。

　　但我的情愫！是怨，是恨，是忏悔，是怅惘？对着这不完全，不如意的人生，谁没有怨，谁没有恨，谁没有怅惘？除了天生颟顸的，谁不曾在他生命的经途中——歌德说的——和着悲哀吞他的饭，谁不曾拥着半夜的孤衾饮泣？我们应得感谢上苍的是他不可度量的心裁，不但在生物的境界中他创造了不可计数的种类，就这悲哀的人生也是因人差异，各个不同，——同是一个碎心，却没有同样的碎痕，同是一滴眼泪，却难寻同样的泪晶。

　　彼得我爱，我说过我是你的父亲。但我最后见你的时候你才不满四月，这次我再来欧洲你已经早一个星期回去，我见着的只你的遗像，那太可爱，与你一撮的遗灰，那太可惨。你生前日常把弄的玩具——小车、小马、小鹅、小琴、小书——你妈曾经件件的指给我看，你在时穿着的衣、褂、鞋、帽，你妈与你大大也曾含着眼泪从箱里理出来给我抚摩，同时她们讲你生前的故事，直到你的影像活现在

[①] 毛赞德：今译莫扎特。

我的眼前，你的脚踪仿佛在楼板上踹响。你是不认识你父亲的，彼得，虽则我听说他的名字常在你的口边，他的肖像也常受你小口的亲吻，多谢你妈与你大大的慈爱与真挚，她们不仅永远把你放在她们心坎的底里，她们也使我——没福见着你的父亲，知道你，认识你，爱你，也把你的影像、活泼、美慧、可爱，永远镂上了我的心版。那天在柏林的会馆里，我手捧着那收存你遗灰的锡瓶，你妈与你七舅站在旁边止不住滴泪，你的大大哽咽着，把一个小花圈挂上你的门前——那时间我，你的父亲，觉着心里有一个尖锐的刺痛，我才初次明白曾经有一点血肉从我自己的生命里分出，这才觉着父性的爱像泉眼似的在性灵里汩汩地流出；只可惜是迟了，这慈爱的甘液不能救活已经萎折了的鲜花，只能在他纪念日的周遭永远无声的流传。

  彼得，我说我要借这机会稍稍爬梳我年来的郁积；但那也不见得容易；要说的话仿佛就在口边，但你要它们的时候，它们又不在口边；像是长在大块岩石底下的嫩草，你得有力量翻起那岩石才能把它不伤损的连根起出——谁知道那根长的多深！是恨，是怨，是忏悔，是怅惘？许是恨，许是怨，许是忏悔，许是怅惘。荆棘刺入了行路人的胫踝，他才知道这路的难走；但为什么有荆棘？是它们自己长着，还是有人存心种着的？也许是你自己种下的？至少你不能完全抱怨荆棘，一则因为这道是你自愿才来走的；再则因为那刺伤是你自己的脚踏上了荆棘的结果，不是荆棘自动来刺你。——但又谁知道？因此我有时想，彼得像你倒真是聪明。你来时是一团活泼，光亮的天真，你去时也还是一个光亮，活泼的灵魂；你来人间真像是短期的作客，你知道的是慈母的爱，阳光的和暖与花草的美丽，你离开了妈的怀抱，你回到了天父的怀抱，我想他听你欣欣的回报这番作客——只尝甜浆，不吞苦水——的经验，他上年纪的脸上一定满布着笑容——你的小脚踝上不曾碰着过无情的荆棘，你穿来的白衣不曾沾着一斑的泥污。

  但我们，比你住久的，彼得，却不是来作客；我们是遭放逐，无形的解差永远在后背催逼着我们赶道。为什么受罪，前途是哪里，我们始终不曾明白，我们明白的只是底下流血的胫踝，只是这无恩的长路，这时候想回头已经太迟，想中止也不可能，我们真的羡慕，彼得，像你那谪期的简净。

  在这道上遭受的，彼得，还不只是难，不只是苦，最难堪的是逐步相追的嘲讽，身影似的不可解脱。我既是你的父亲，彼得，比方说，为什么我不能在你的生前，日子虽短，给你应得的慈爱，为什么要到这时候，你已经去了不再回来，我才觉着骨肉的关联？并且假如我这番不到欧洲，假如我在万里外接到你的死耗，我怕我只能看作水面上的云影，来时自来，去时自去。正如你生前我不知欣喜，你在时我不知爱惜，你去时也不能过分动我的情感。我自分不是无情，不是寡恩，为什么我对自身的血肉，反是这般不近情的冷漠？彼得，我问为什么，这问的后身便是无限的隐痛；我不能怨，我不能恨，更无从悔，我只是怅惘，我只能问！明知是自苦的揶揄，但我只能忍受。而况揶揄还不止此，我自身的父母，何尝不赤心的爱我；但他们的爱却正是造成我痛苦的原因；我自己也何尝不笃爱我的双亲，但我不仅不能尽我的责任，不仅不曾给他们想望的快乐，我，他们的独子，也不免加添他们的烦愁，造作他们的痛苦，这又是为什么？在这里，我也是一般的不能恨，不能怨，更无从悔，我只是怅惘——我只能问。昨天我是个孩子，今天已是壮年；昨天腮边还带着圆润的笑窝，今天头上已见星星的白发；光阴带走的往迹，再也不容追赎，留下在我们心头的只是些揶揄的鬼影；我们在这道上偶尔停步回想的时候，只能投上个虚圈的"假使当初"，解嘲已往的一切。但已往的教训，即使有，也不能给我们利益，因为前途还是不减启程时的渺茫，我们还是不能选择自由的途径——到那天我们无形的解差喝住的时候，我们唯一的权利，我猜想，也只是再丢一个虚圈更大的"假使"，圆满这全程的寂寞，那就是止境了。

我的祖母之死

一

一个单纯的孩子，
过他快活的时光，
兴匆匆的，活泼泼的，
何尝识别生存与死亡？

这四行诗是英国诗人华茨华斯（William Wordsworth）一首有名的小诗叫做《我们是七人》（We are Seven）的开端，也就是他的全诗的主意。这位爱自然，爱儿童的诗人，有一次碰着一个八岁的小女孩，发卷蓬松的可爱，他问她兄弟姊妹共有几人，她说我们是七个，两个在城里，两个在外国，还有一个姊妹一个哥哥，在她家里附近教堂的墓园里埋着。但她小孩的心理，却不分清生与死的界限，她每晚揣着她的干点心与小盘皿，到那墓园的草地里，独自的吃，独自的唱，唱给她的在土堆里眠着的兄姊听，虽则他们静悄悄的没有回响，她烂漫的童心却不曾感到生死间有不可思议的阻隔；所以任凭华翁多方的譬解，她只是睁着一双灵动的小眼，回答说：

"可是，先生，我们还是七人。"

二

其实华翁自己的童真，也不让那小女孩的完全。他曾经说："在孩童时期，我不能相信我自己有一天也会得悄悄地躺在坟里，我的骸骨会得变成尘土。"又一次他对人说："我做孩子时最想不通的，是死的这回事将来也会得轮到我自己身上。"

孩子们天生是好奇的，他们要知道猫儿为什么要吃耗子，小弟弟从哪里变出来的，或是究竟先有鸡还是先有鸡蛋；但人生最重大的变端——死的现象与实在，他们也只能含糊的看过，我们不能期望一个个小孩子们都是搔头穷思的丹麦王子。他们临到丧故，往往跟着大人啼哭；但他只要眼泪一干，就会到院子里踢毽子，赶蝴蝶，就使在屋子里长眠不醒了的是他们的亲爹或亲娘，大哥或小妹，我们也不能盼望悼死的悲哀可以完全翳蚀了他们稚羊小狗似的欢欣。你如其对孩子说，你妈死了，你知道不知道——他十次里有九次只是对着你发呆；但他等到要妈叫妈，妈偏不应的时候，他的嫩颊上就会有热泪流下。但小孩天然的一种表情，往往可以给人们最深的感动。我生平最忘不了的一次电影，就是描写一个小孩爱恋已死母亲的种种天真的情景。她在园里看种花，园丁告诉她这花在泥里，浇下水去，就会长大起来。那天晚上天下大雨，她睡在床上，被雨声惊醒了，忽然想起园丁的话，她的小脑筋里就发生了绝妙的主意。她偷偷地爬出了床，走下楼梯，到书房里去拿下桌上供着的她死母的照片，一把揣在怀里，也不顾倾倒着的大雨，一直走到园里，在地上用园丁的小锄掘松了泥土，把她怀里的亲妈，谨慎地取了出来，栽在泥里，把松泥掩护着；她做完了工就蹲在那里守候——一个三四岁的女孩，穿着白色的睡衣，在深夜的暴雨里，蹲在露天的地上，专心笃意地盼望已经死去的亲娘，像花草一般，从泥土里生长出来！

三

我初次遭逢亲属的大故，是二十年前我祖父的死，那时我还不满六岁。那是我生平第一次可怕的经验，但我追想当时的心理，我对于死的见解也不见得比华翁的那位小姑娘高明。我记得那天夜里，家里人吩咐祖父病重，他们今夜不睡了，但叫我和我的姊妹先上楼睡去，回头要我们时他们会来叫的。我们就上楼去睡了，底下就是祖父的卧房，我那时也不十分明白，只知道今夜一定有很怕的事，有火烧、强盗抢、做怕梦，一样的可怕。我也不十分睡着，只听得楼下的急步声，碗碟声、唤婢仆声、隐隐的哭泣声，不息的响音。过了半夜，他们上来把我从睡梦里抱了下去，我醒过来只听得一片的哭声；他们已经把长条香点起来，一屋子的烟，一屋子的人，围拢在床前，哭的哭，喊的喊，我也挨了过去，在人丛里偷看大床里的好祖父。忽然听说醒了醒了，哭喊声也歇了，我看见父亲爬在床里，把病父抱持在怀里，祖父倚在他的身上，双眼紧闭着，口里衔着一块黑色的药物。他说话了，很轻的声音，虽则我不曾听明他说的什么话，后来知道他经过了一阵昏晕，他又醒了过来对家人说："你们吃吓了，这算是小死。"他接着又说了好几句话，随讲音随低，呼气随微，去了，再不醒了，但我却不曾亲见最后的弥留，也许是我记不起，总之我那时早已跪在地板上，手里擎着香，跟着大众高声地哭喊了。

四

此后我在亲戚家收殓虽则看得不少，但死的实在的状况却不曾见过。我们念书人的幻想力是比较的丰富，但往往因为有了幻想力，就不管生命现象的实在，结果是书呆子，陆放翁说的"百无一用是书生"。人生的范围是无穷的，我们少年时精力充足什么都不怕尝试，只愁没有出奇的事情做，往往抱怨这宇宙太窄，青天太低，大鹏似的翅膀飞不痛快，但是……但是平心的说，且不论奇的、怪的、特别的、离奇的，我们姑且试问人生里最基本的事实，最单纯的、最普遍、最平庸的、最近人情的经验，我们究竟能有多少的把握，我们能有多少深彻的了解，我们是否都亲身经历过？譬如说：生产、恋爱、痛苦、悲、死、妒、恨、快乐、真疲倦、真饥饿、渴、毒焰似的渴、真的幸福、冻的刑罚、忏悔，种种的情热。我可以说，我们平常人生观、人类、人道、人情、真理、哲理、本能等等名词不离口吻的念书人们，什么文学家，什么哲学家——关于真正人生基本的事实的实在，知道的——恐怕是极微到鲜，即使不等于圆圈。我有一个朋友，他和他夫人的感情极厚，一次他夫人临到难产，因为在外国，所以进医院什么都得自己照料，最后医生宣言只有用手术一法，但性命不能担保，他没有法子，只好和他半死的夫人诀别（解剖时亲属不准在旁的）。满心毒魔似的难受，他出了医院，走在道上，走上桥去，像得了离魂病似的，心脉舂臼似的跳着，最后他听着了教堂和缓的钟声，他就不自主的跟着钟声，进了教堂，跟着在做礼拜的跪着、祷告、忏悔、祈求、唱诗、流泪（他并不是信教的人），他这样地挨过时刻，后来回转医院时，一步步都是惨酷的磨难，比上行刑场的犯人，加倍的难受，他怕见医生与看护妇，仿佛他的运命是在他们的手掌里握着。事后他对人说："我这才知道了人生一点子的意味！"

五

所以不曾经历过精神或心灵的大变的人们，只是在生命的户外徘徊，也许偶尔猜想到几分墙内的动静，但总是浮的浅的，不切实的，甚至完全是隔膜的。人生也许是个空虚的幻梦，但在这幻象中，生与死，恋爱与痛苦，毕竟是陡起的奇峰，应得激动我们彷徨者的注意，在此中也许有可以感悟到一些幻里的真，虚中的实，这浮动的水泡不曾破裂以前，也应得饱吸自由的日光，反射几丝颜色！

我是一只不羁的野驹，我往往纵容想象的猖狂，诡辩人生的现实；比如凭借凹折的玻璃，觉察当前景色。但时而复再，我也能从烦嚣的杂响中听出清新的乐调，在眩耀的杂彩里，看出有条理的意匠。这次祖母的大故，老家庭的生活，给我不少静定的时刻，不少深刻的反省。我不敢说我因此感悟了部分的真理，或是取得了若干的智慧；我只能说我因此与实际生活更深了一层的接触，益发激动我对于人生种种好奇的探讨，益发使我惊讶这迷谜的玄妙，不但死是神奇的现象，不但生命与呼吸是神奇的现象，就连日常的生活与习惯与迷信，也好像放射着异样的光闪，不容我们擅用一两个形容词来概况，更不容我们倡言什么主义来抹杀——一个革新者的热心，碰着了实在的寒冰！

六

我在我的日记里翻出一封不曾写完不曾付寄的信，是我祖母死后第二天的早上写的。我那时在极强烈的极鲜明的时刻内，很想把那几日经过感想与疑问，痛快地写给一个同情的好友，使他在数千里外也能分尝我强烈的鲜明的感情。那位同情的好友我选中了通伯①，但那封信却只起了一个呆重的头，一为丧中忙；二为我那时眼热不耐用心，始终不曾写就，一直挨到现在再想补写，恐怕强烈已经变弱，鲜明已经透暗，逃亡的囚逋，不易追获的了。我现在把那封残信录在这里，再来追摹当时的情景。

"通伯：

我的祖母死了！从昨夜十时半起，直到现在，满屋子只是号啕呼抢的悲音，与礼忏鼓磬声。二十年前祖父丧时的情景，如今又在眼前了。忘不了的情景！你愿否听我讲些？我一路回家，怕的是也许已经见不到老人，但老人却在生死的交关仿佛存心的弥留着，等待她最钟爱的孙儿——即不能与他开言诀别，也使他尚能把握她依然温暖的手掌，抚摩她依然跳动着的胸怀，凝视她依然能自开自阖虽则不再能表情的眼睛。她的病是脑充血的一种，中医称为'卒中'（最难救的中风）。她十日前在暗房里踬仆倒地，从此不再开口出言，登仙似的结束了她八十四年的长寿，六十年良妻与贤母的辛勤，她现在已经永远的脱辞了烦恼的人间，还归她清净自在的来处。我们承受她一生的厚爱与荫泽的儿孙，此时亲见，将来追念，她最后的神化，不能自禁中怀的摧痛，热泪暴雨似的盆涌，然痛心中却亦隐有无穷的赞美，热泪中依稀想见她功成德备的微笑，无形中似有不朽的灵光，永远的临照她绵衍的后

---

① 通伯：即陈西滢。

裔……"

七

旧历的乞巧那一天，我们一大群快活的游踪，驴子灰的黄的白的，轿子四个脚夫抬的，正在山海关外，迂回的、曲折的绕登角山的栖贤寺，面对着残圮的长城，巨虫似的爬山越岭，隐入烟霭的迷茫。那晚回北戴河海滨住处，已经半夜，我们还打算天亮四点钟上莲峰山去看日出，我已经快上床，忽然想起了，出去问有信没有，听差递给我一封电报，家里来的四等电报。我就知道不妙，果然是"祖母病危速回"！我当晚就收拾行装，赶早上六时车到天津，晚上才上津浦快车。正嫌路远车慢，半路又为水发冲坏了轨道过不去，一停就停了十二点钟有余，在车里多过了一夜，直到第三天的中午方才过江上沪宁车。这趟车如其准点到上海，刚好可以接上沪杭的夜车，谁知道又误了点，误了不多不少的一分钟，一面我们的车进站，他们的车头鸣的一声叫，别断别断的去了！我若然是空身子，还可以冒险跳车，偏偏我的一双手又被行李雇定了，所以只得定着眼睛送它走。

所以直到八月二十二日的中午我方才到家。我给通伯的信说"怕的是已经见不着老人"，在路上那几天真是难受，缩不短的距离没有法子，便是那急人的水发，急人的火车，几面凑拢来，叫我整整的迟一昼夜到家！试想病危了的八十四岁的老人，这二十四点钟不是容易过的，说不定她刚巧在这个期间内有什么动静，那才叫人抱憾哩！但是结果还算没有多大的差池——她老人家还在生死的交关等着！

八

奶奶——奶奶——奶奶！奶——奶！你的孙儿回来了，奶奶！没有回音。老太太闭着眼，仰面躺在床里，右手拿着一把半旧的雕翎扇很自在的扇动着。老太太原来就怕热，每年暑天总是扇子不离手的，那几天又是特别的热。这还不是好好的老太太，呼吸顶匀净的，定是睡着了，谁说危险！奶奶，奶奶！她把扇子放下了，伸手去摸着头顶上挂着的冰袋，一把抓得紧紧的，呼了一口长气，像是暑天赶道儿的喝了一盆凉汤似的，这不是她明明的有感觉不是？我把她的手拿在我的手里，她似乎感觉我手心的热，可是她也让我握着，她开眼了！右眼张得比左眼开些，瞳子却是发呆，我拿手指在她的眼前一挑，她也没有瞬，那准是她瞧不见了——奶奶，奶奶，——她也真没有听见，难道她真是病了，真是危险，这样爱我疼我宠我的好祖母，难道真会得……我心里一阵的难受，鼻子里一阵的酸，滚热的眼泪就进了出来。这时候床前已经挤满了人，我的这位，我的那位，我一眼看过去，只见一片惨白忧愁的面色，一双双装满了泪珠的眼眶。我的妈更看的憔悴。她们已经伺候了六天六夜，妈对我讲祖母这回不幸的情形，怎样的她夜饭前还在大厅上吩咐事情，怎样的饭后进房去自己擦脸，不知怎样的闪了下去，外面人听着响声才进去，已经是不能开口了，怎样的请医生，一直到现在还没有转机……

　　一个人到了天伦骨肉的中间，整套的思想情绪，就变换了式样与颜色。你的不自然的口音与语法没有用了；你的耀眼的袍服可以不必穿了；你的洁白的天使的翅膀，预备飞翔出人间到天堂的，不便在你的慈母跟前自由的开豁；你的理想的楼台亭阁，也不轻易的放进这二百年的老屋；你的佩剑，要塞，以及种种的防御，在竞争的外界即使是必要的，到此只是可笑的累赘。在这里，不比在其余的地方，他们所要求于你的，只是随熟的声音与笑貌，只是好的，纯粹的本性，只是一个没有斑点子的赤裸裸的好心。在这些纯爱的骨肉的经纬中心，不由得你不从你的天性里抽出最柔糯亦最有力的几缕丝线来加密或是缝补这幅天伦的结构。

　　所以我那时坐在祖母的床边，含着两朵热泪，听母亲叙述她的病况，我脑中发生了异常的感想，我像是至少逃回了二十年的光阴，正如我膝前子侄辈一般的高矮，回复了一片纯样的童真，早上走来祖母的床前。揭开帐子叫一声软和的奶奶，她也回叫了我一声，伸手到里床去摸给我一个蜜枣或是三片状元糕，我又叫了一声奶奶，出去玩了，那是如何可爱的辰光，如何可爱的天真，但如今没有了，再也不回来了。现在床里躺着的，还不是我的亲爱的祖母，十个月前我伴着到普陀登山拜佛清健的祖母，但现在何以不再答应我的呼唤，何以不再能表情，不再能说话，她的灵性哪里去了，她的灵性哪里去了？

九

　　一天，一天，又是一天——在垂危的病榻前过的时刻，不比平常飞驶无碍的光阴,时钟上同样的一声滴答,直接的打在你的焦急的心里,给我一种模糊的隐痛——祖母还是照样的眠着,右手的脉自从起病以来已是极微仅有的,但不能动弹的却反是有脉的左侧,右手还是不时在挥扇,但她的呼吸还是一例的平匀,面容虽不免瘦削,光泽依然不减,并没有显著的衰象,所以我们在旁边看她的,差不多每分钟都盼望她从这长期的睡眠中醒来,要一个呵欠,就开眼见人,开口说话——果然她醒了过来,我们也不会觉得离奇,像是原来应当似的。但这究竟是我们亲人绝望中的盼望,实际上所有的医生、中医、西医、针医,都已一致的回绝,说这是"不治之症",中医说这脉象是凭证,西医说脑壳里血管破裂,虽则植物性机能——呼吸,消化——不会停止,但言语中枢已经断绝——此外更专门更玄学更科学的理论我也记不得了。所以暂时不变的原因,就在老太太本来的体元太好了,拳术家说的"一时不能散工",并不是病有转机的兆头。

　　我们自己人也何尝不明白这是个绝症;但我们却总不忍自认是绝望,"不忍"便是人情。我有时在病榻前,在凄悒的静默中,发生了重大的疑问。科学家说人的意识与灵感,只是神经系最高的作用,这复杂,微妙的机械,只要部分有了损伤或是停顿,全体的动作便发生相当的影响;如其最重要的部分受了扰乱,他不是变成反常的疯癫,便是完全的失去意识。照这一说,体即是用,离了体即没有用;灵魂是宗教家的大谎,人的身体一死什么都完了。这是最干脆不过的说法,我们活着时有这样有那样已经尽够麻烦,尽够受,谁还有兴致,谁还愿意到坟墓的那一边再去发生关系,地狱也许是黑暗的,天堂是光明的,但光明与黑暗的区别无非是人类专擅的假定,我们只要摆脱这皮囊,还归我清静,我就不愿意头戴一个黄色的空圈子,合着手掌跪在云端里受罪!

　　再回到事实上来,我的祖母———一位神智最清明的老太太——究竟在哪里?我既然不能断定因为神经部分的震裂她的灵感性便永远的消减,但同时她又分明的失却了表情的能力,我只能设想她人格的自觉性,也许比平时消澹了不少,却依旧是在着,像在梦魇里将醒未醒时似的,明知她的儿女孙曾不住的叫唤她醒来,明知她即使要永别也总还有多少的嘱咐,但是可怜她的眼球再不能反映外界的印象,她的声带与口舌再不能表达她内心的情意,隔着这脆弱的肉体的关系,她的性灵再不能与她最亲的骨肉自由的交通——也许她也在整天整夜的伴着我们焦急,伴着我们伤心,伴着我们出泪,这总是可怜,这总真叫人悲感哩!

十

到了八月二十七那天，离她起病的第十一天，医生盼咐脉象大大的变了，叫我们当心，这十一天内每天她只咽入很困难的几滴稀薄的米汤，现在她的面上的光泽也不如早几天了，她的目眶更陷落了，她的口部的筋肉也更宽弛了，她右手的动作也减少了，即使拿起了扇子也不再能很自然的扇动了——她的大限的确已经到了。但是到晚饭后，反是没有什么景象。同时一家人着了忙，准备寿衣的、准备冥银的、准备香灯等等。我从里走出外，又从外走进里，只见匆忙的脚步与严肃的面容。这时病人的大动脉已经微细的不可辨，虽则呼吸还不至怎样的急促。这时一门的骨肉已经齐集在病房里，等候那不可避免的时候。到了十时光景，我和我的父亲正坐在房的那一头一张床上，忽然听得一个哭叫的声音说——"大家快来看呀，老太太的眼睛张大了！"这尖锐的喊声，仿佛是一大桶的冰水浇在我的身上，我所有的毛管一齐竖了起来，我们跟踉地奔到了床前，挤进了人丛。果然，老太太的眼睛张大了，张得很大了！这是我一生从不曾见过，也是我一辈子忘不了的眼见的神奇。（恕罪我的描写！）不但是两眼，面容也是绝对的神变了（trangsfigured）：她原来皱缩的面上，发出一种鲜润的彩泽，仿佛半瘀的血脉，又一度充满了生命的精液，她的口，她的两颊，也都回复了异样的丰润；同时她的呼吸渐渐地上升，急进地短促，现在已经几乎脱离了气管，只在鼻孔里脆响地呼出了。但是最神奇不过的是一双眼睛！她的瞳孔早已失去了收敛性，呆顿的放大了。但是最后那几秒钟！不但眼眶是充分的张开了，不但黑白分明，瞳孔锐利地紧敛了，并且放射着一种不可形容，不可信的辉光，我只能称他为"生命最集中的灵光"！这时候床前只是一片的哭声，子媳唤着娘，孙子唤着祖母，婢仆争喊着老太太，几个稚龄的曾孙，也跟着狂叫着太太……但老太太最后的开眼，仿佛是与亲爱的骨肉，作无言的诀别，我们都在号泣的送终，她也安慰了，她放心的去了。在几秒时内，死的黑影已经移上了老人的面部，遏减了生命的异彩，她最后的呼气，正似水泡破裂，电光杳灭，菩提的一响，生命呼出了窍，什么都止息了。

十一

　　我满心充塞了死象的神奇，同时又须顾管我有病的母亲，她那时出性的号啕，在地板上滚着，我自己反而哭不出来；我自己也觉得奇怪，眼看着一家长幼的涕泪滂沱，耳听着狂沸似的呼抢号叫，我不但不发生同情的反应，却反而达到了一个超感情的，静定的，幽妙的意境，我想象的看见祖母脱离了躯壳与人间，穿着雪白的长袍，冉冉的上升天去，我只想默默的跪在尘埃，赞美她一生的功德，赞美她一生的圆寂。这是我的设想！我们内地人却没有这样纯粹的宗教思想；他们的假定是不论死的是高年厚德的老人或是无知无怨的幼孩，或是罪大恶极的凶人，临到弥留的时刻总是一例的有无常鬼、摸壁鬼、牛头马面、赤发獠牙的阴差等等到门，拿着镣链枷锁，来捉拿阴魂到案。所以烧纸帛是平他们的暴戾，最后的呼抢是没奈何的诀别。这也许是大部分临死时实在的情景，但我们却不能概定所有的灵魂都不免遭受这样的凌辱。譬如我们的祖老太太的死，我只能想象她是登天，只能想象她慈祥的神化——像那样鼎沸的号啕，固然是至性不能自禁，但我总以为不如匐匐饮泣或默祷，较为近情，较为合理。

　　理智发达了，感情便失了自然的浓挚；厌世主义的看来，眼泪与笑声一样是空虚的，无意义的。但厌世主义姑且不论，我却不相信理智的发达，会得妨碍天然的情感；如其教育真有效力，我以为效力就在剥削了不合理性的"感情作用"，但绝不会有损真纯的感情；他眼泪也许比一般人流得少些，但他等到流泪的时候，他的泪才是应流的泪。我也是智识愈开流泪愈少的一个人，但这一次却也真的哭了好几次；一次是伴我的姑母哭的，她为产后不曾复元，所以祖母的病一直瞒着她，一直到了祖母故后的早上方才通知她。她扶病来了，她还不曾下轿，我已经听出她在啜泣，我一时感觉一阵的悲伤，等到她出轿放声时，我也在房中嘘唏不住。又一次是伴祖母当年的赠嫁婢哭的。她比祖母小十一岁，今年七十三岁，亦已是个白发的婆子，她也来哭她的"小姐"，她是见着我祖母的花烛的唯一的一个人，她的一哭我也哭了。

　　再有是伴我的父亲哭的。我总是觉得一个身体伟大的人，他动情感的时候，动人的力量也比平常人伟大些。我见了我父亲哭泣，我就忍不住要伴着淌泪。但是感动我最强烈的几次，是他一人倒在床里，反复的啜泣着，叫着妈，像一个小孩似的，我就感到最热烈的伤感，在他伟大的心胸里浪涛似的起伏，我就感到母子的感情的确是一切感情的起源与总结，等到一失慈爱的荫庇，仿佛一生的事业顿时没有了根底，所有的快乐都不能填平这唯一的缺陷；所以他这一哭，我也真哭了。

但是我的祖母果真是死了吗？她的躯体是的。但她是不死的。诗人勃兰恩德①（Bryant）说：

So live, that when thy summons comes to join the innumerable caravan which moves to that mysterious realm where each one takes his chamber in the silent halls of death, then go not, like the quarry, slave at night scourged to his dungeon, but sustained and soothed.

By an unfaltering truth, approach thy grave like one that wraps the drapery of his couch, abouthim, and lies down to pleasant dreams.

如果我们的生前是尽责任的，是无愧的，我们就会安坦的走近我们的坟墓，我们的灵魂里不会有惭愧或悔恨的啮痕。人生自生至死，如勃兰恩德的比喻，真是大队的旅客在不尽的沙漠中进行，只要良心有个安顿，到夜里你卧倒在帐幕里也就不怕噩梦来缠绕。

我的祖母，在那旧式的环境里，到我们家来五十九年，真像是做了长期的苦工，她何尝有一日的安闲，不必说子女的嫁娶，就是一家的柴米油盐，扫地抹桌，哪一件事不在八十岁老人早晚的心上！我的伯父快近六十岁了，但他的起居饮食，还差不多完全是祖母经管的，初出世的曾孙如其有些身热咳嗽，老太太晚上就睡不安稳；她爱我宠我的深情，更不是文字所能描写；她那深厚的慈荫，真是无所不包，无所不蔽。但她的身心即使劳碌了一生，她的报酬却在灵魂无上的平安；她的安慰就在她的儿女孙曾，只要我们能够步她的前例，各尽天定的责任，她在冥冥中也就永远的微笑了。

---

① 勃兰恩德：今译布赖恩特，美国诗人。

拜 伦

荡荡万斛船影若扬白虹
自非风动天莫置大水中

——杜甫

今天早上，我的书桌上散放着一垒书，我伸手提起一支毛笔蘸饱了墨水正想下笔写的时候，一个朋友走进屋子来，打断了我的思路。"你想做什么？"他说。"还债，"我说，"一辈子只是还不清的债，开销了这一个，那一个又来，像长安街上要饭的一样，你一开头就糟。这一次是为他，"我手点着一本书里 Westall① 画的拜伦像（原本现在伦敦肖像画院）。"为谁，拜伦！"那位朋友的口音里夹杂了一些鄙夷的鼻音。"不仅做文章，还想替他开会哪，"我跟着说。"哼，真有工夫，又是戴东原那一套！"——那位先生发议论了——"忙着替死鬼开会演说追悼，哼！我们自己的祖祖辈辈的生忌死忌，春祭秋祭，先就忙不开，还来管姓呆姓摆的出世去世；中国鬼也就够受，还来张罗洋鬼！北京也听见悲声，上海广东也听见哀声；书呆子的退伍总统死了，又来一个同声一哭。二百年前的戴东原还不是一个一头黄毛一身奶臭一把鼻涕一把尿的娃娃，与我们什么相干，又用得着我们的正颜厉色开大会做论文！现在真是愈出愈奇了，什么，连拜伦也得利益均沾，又不是疯了，你们无事忙的文学先生们！谁是拜伦？一个滥笔头的诗人，一个宗教家说的罪人，一个花花公子，一个贵族。就使追悼会纪念会是现代的时髦，你也得想想受追悼的配不配，也得想想跟你们所谓时代精神合适不合适，拜伦是贵族，你们贵国是一等的民主共和国，哪里有贵族的位置？拜伦又没有发明什么苏维埃，又没有做过世界和平的大梦，更没有用科学方法整理过国故，他只是一个拐腿的纨绔诗人，一百年前也许出过他的风头，现在埋在英国纽斯德（Newstead）的贵首头都早烂透了，为他也来开纪念会，哼，他配！讲到拜伦的

---

① Westall：韦斯托尔（1765—1836年），英国画家，以拜伦画像闻名。

诗你们也许与苏和尚的脾胃合得上，看得出好处，这是你们的福气——要我看他的诗也不见得比他的骨头活得了多少。并且小心，拜伦倒是条好汉，他就恨盲目的崇拜，回头你们东抄西剿的忙着做文章想是讨好他，小心他的鬼魂到你梦里来大声的骂你一顿！"

那位先生大发牢骚的时候，我已经抽了半支的烟，眼看着缭绕的氤氲，耐心的挨他的骂，方才想好赞美拜伦的文章也早已变成了烟丝飞散，我呆呆地靠在椅背上出神了——

拜伦是真死了不是？全朽了不是？真没有价值，真不该替他揄扬传布不是？

眼前扯起了一重重的雾幔，灰色的、紫色的，最后呈现了一个惊人的造像，最纯粹，光净的白石雕成的一个人头，供在一架五尺高的檀木几上，放射出异样的光辉，像是阿博洛①，给人类光明的大神，凡人从没有这样庄严的"天庭"，这样不可侵犯的眉宇，这样的头颅，但是不，不是阿博洛，他没有那样骄傲的锋芒的大眼，像是阿尔卑斯山南的蓝天，像是威尼斯的落日，无限的高远，无比的壮丽，人间的万花镜的展览反映在他的圆睛中，只是一层鄙夷的薄翳；阿博洛也没有那样美丽的发鬘，像紫葡萄似的一穗穗贴在花岗石的墙边；他也没有那样不可信的口唇，小爱神背上的小弓也比不上他的精致，口角边微露着厌世的表情，像是蛇身上的文采，你明知是恶毒的，但你不能否认他的艳丽；给我们弦琴与长笛的大神也没有那样圆整的鼻孔，使我们想象他的生命的剧烈与伟大，像是大火山的决口……

不，他不是神，他是凡人，比神更可怕更可爱的凡人，他生前在红尘的狂涛中沐浴，洗涤他的遍体的斑点，最后他踏脚在浪花的顶尖，在阳光中呈露他的无瑕的肌肤，他的骄傲，他的力量，他的壮丽，是天上瑳奕司与玖必德的忧愁。

他是一个美丽的恶魔，一个光荣的叛儿。

一片水晶似的柔波，像一面晶莹的明镜，照出白头的"少女"，闪亮的"黄金箧""快乐的阿翁"。此地更没有海潮的啸响，只有草虫的讴歌，醉人的树色与花香，与温柔的水响，小妹子的私语似的，在湖边吞咽。山上有急湍，有冰河，有漫天的松林，有奇伟的石景。瀑布像是疯癫的恋人，在荆棘丛中跳跃，从巉岩

---

① 阿博洛：今译阿波罗。希腊神话中的太阳神。

上滚坠，在垒石间震碎，激起无量数的珠子，圆的、长的、乳白的、透明的，阳光斜落在急流的中腰，幻成五彩的虹纹。这急湍的顶上是一座突出的危崖，像一个猛兽的头颅，两旁幽邃的松林，像是一颈的长鬣，一阵阵的瀑雷，像是他的吼声。在这绝壁的边沿站着一个丈夫，一个不凡的男子，怪石一般的峥嵘，朝旭一般的美丽，劲瀑似的桀骜，松林似的忧郁。他站着，交抱着手臂，翻起一双大眼，凝视着无极的青天，三个阿尔卑斯的鸷鹰在他的头顶不息的盘旋；水声，松涛的呜咽，牧羊人的笛声，前峰的崩雪声——他凝神的听着。

只要一滑足，只要一纵身，他想，这躯壳便崩雪似的坠入深潭，粉碎在美丽的水花中，这些大自然的谐音便是赞美他寂灭的丧钟。他是一个骄子，人间踏烂的蹊径不是为他准备的，也不是人间的镣链可以锁住他的鸷鸟的翅羽。他曾经丈量过巴南苏斯的群峰，曾经搏斗过海理士彭德海峡的凶涛，曾经在马拉松放歌，曾经在爱琴海边狂啸，曾经践踏过滑铁卢的泥土，这里面埋着一个败灭的帝国。他曾经实现过西撒凯旋时的光荣，丹桂笼住他的发鬈，玫瑰承住他的脚踪；但他也免不了他的滑铁卢；命运是不可测的恐怖，征服的背后隐着戮辱的狞笑，御座的周遭显现了狴犴的幻景；现在他的遍体的斑痕，都是诽毁的箭镞，不更是繁花的装缀，虽则在他的无瑕的体肤上一样的不曾停留些微污损……。太阳也有他的淹没的时候，但是谁能忘记他临照时的光焰？

"What is life, what is death, and what are we.
That when the ship sinks.we no longer may be."

虹哪（Juno）发怒了。天变了颜色，湖面也变了颜色。四围的山峰都披上了黑雾的袍服，吐出迅捷的火舌，摇动着，仿佛是相互的示威，雷声像猛兽似的在山坳里咆哮、跳荡，石卵似的雨块，随着风势打击着一湖的粼光，这时候（1816年，6月，15日）仿佛是爱丽儿（Ariel）的精灵耸身在绞绕的云中，默唪着咒语，眼看着

Jove's lightnings, the precursors
Of the dreadful thunder-claps……
The fire, and cracks
Of sulphurous roaring, the most mighty Neptune

Seem'd to besiege, and make his bold waves tremble,
Yea his dread tridents shade.

(Temest)

在这大风涛中，在湖的东岸，龙河（Rhone）合流的附近，在小屿与白沫间，飘浮着一只疲乏的小舟，扯烂的布帆，破碎的尾舵，冲挡着巨浪的打击，舟子只是着忙的祷告，乘客也失去了镇定，都已脱卸了外衣，准备与涛浪搏斗。这正是芦骚的故乡，那小舟的历险处又恰巧是玖荔亚与圣潘罗（Julia and St.Preux）遇难的名迹。舟中人有一个美貌的少年是不会泅水的，但他却从不介意他自己的骸骨的安全，他那时满心的忧虑，只怕是船翻时连累他的友人为他冒险，因为他的友人是最不怕险恶的，厄难只是他的雄心的刺激，他曾经狎侮爱琴海与地中海的怒涛，何况这有限的梨梦湖中的掀动，他交叉着手，静看着萨福埃（Savoy）的雪峰，在云罅里隐现。这是历史上一个稀有的奇逢，在近代革命精神的始祖神感的胜处，在天地震怒的俄顷，载在同一的舟中，一对共患难的，伟大的诗魂，一对美丽的恶魔，一对光荣的叛儿！

他站在梅锁朗奇①（Mesolonghi）的滩边（1824年，1月，4至22日）。海水在夕阳光里起伏，周遭静瑟瑟的莫有人迹，只有连绵的沙碛，几处卑陋的草屋，古庙宇残圮的遗迹，三两株灰苍色的柱廊，天空飞舞着几只阔翅的海鸥，一片荒凉的暮景。他站在滩边，默想古希腊的荣华，雅典的文章，斯巴达的雄武，晚霞的颜色二千年来不曾消灭，但自由的鬼魂究不曾在海沙上留存些微痕迹……他独自站着，默想他自己的身世，三十六年的光阴已在时间的灰烬中埋着，爱与憎，得志与屈辱，盛名与怨诅，志愿与罪恶，故乡与知友，威尼斯的流水，罗马古剧场的夜色，阿尔卑斯的白雪，大自然的美景与恚怒，反叛的折磨与尊荣，自由的实现与梦境的消残……他看着海沙上映着的曼长的身形，凉风拂动着他的衣裾——寂寞的天地间的一个寂寞的伴侣——他的灵魂中不由得激起了一阵感激的狂潮，他把手掌埋没了头面。此时日轮已经翳隐，天上星先后的显现，在这美丽的暝色中，流动着诗人的吟声；像是松风，像是海涛，像是蓝奥孔②苦痛的呼声，像是海伦娜岛上绝望的呼叹：

---

① 梅锁朗奇：今译迈索隆古翁，下同。

② 蓝奥孔：今译拉奥孔。

This time this heart should be unmoved,
Since others it hath ceased to move;
Yet, though I cannot be beloved.
Still let me love!

My days are in the yellow leaf;
The flowers and fruits of love are gone。
The worm, the canker, and the grief;
Are mine alone!

The fire that on my bosom preys
As lone as some volcanic isle;
NO torch is kindled at its blaze——
A funeral pile!

The hope, the fear, the jealous care
The exalted portion of the pain
And power of love, I cannot share,
But wear the chain.
But 'tis not thus——and 'tis not here——
Such thoughts should shake my soul, no now,
Where glory decks the hero's bier
Or binds his brow.

The sword, the banner, and the field,
Glory and Grace, around me, see!
The Spartan, born upon his shield,
Was not more free.

Awake! (not Greece—she is awake!)
Awake, my spirit! Think through whom
The life—blood tracks its parent lake,
And then strike home!

Tread those reviving passions down;
Unworthy manhood!—unto thee
Indifferent should the smile or frown
Of beauty be.

If thou regret'st thy youth, why live;
The land of honorable death
Is here:—up to the field, and give
Away thy breath!
Seek out–less sought than found–
A soldier's grave for thee the best;
Then look around, and choose thy ground,
And take thy rest.

年岁已经僵化我的柔心，
我再不能感召他人的同情；
但我虽则不敢想望恋与悯，
我不愿无情！

往日已随黄叶枯萎，飘零；
恋情的花与果更不留踪影。
只剩有腐土与虫与怆心，
长伴前途的光阴！

烧不尽的烈焰在我的胸前,
孤独的,像一个喷火的荒岛;
更有谁凭吊,更有谁怜——
一堆残骸的焚烧!

希冀,恐惧,灵魂的忧焦,
恋爱的灵感与苦痛与蜜甜
我再不能尝味,再不能自傲——
我投入了监牢!
但此地是古英雄的乡国,
白云中有不朽的灵光,
我不当怨艾,惆怅,为什么
这无端的凄惶?
希腊与荣光,军旗与剑器,
古战场的尘埃,在我的周遭,
古勇士也应慕羡我的际遇,
此地今朝!
梦醒!不是希腊——她早已惊起!
苏醒,我的灵魂!问谁是你的
血液的泉源,休辜负这时机,
鼓舞你的勇气!
丈夫!休教已往的沾恋
梦魇似的压迫你的心胸,
美妇人的笑与颦的婉恋,
更不当容宠!

再休眷念你的消失的青年,
此地是健儿殉身的乡土,
听否战场的军鼓,向前,

毁灭你的体肤！
只求一个战士的墓窟，
收束你的生命，你的光阴，
去选择你的归宿的地域，
自此安宁。

他念完了诗句，只觉得遍体的狂热，壅住了呼吸，他就把外衣脱下，走入水中，向着浪头的白沫里纵身一窜，像一只海豹似的，鼓动着鳍脚，在铁青色的水波里泳了出去……

"冲锋，冲锋，跟我来！"

冲锋，冲锋，跟我来！这不是早一百年拜伦在希腊梅锁龙奇临死前昏迷时说的话？那时他的热血已经让冷血的医生给放完了，但是他的争自由的旗帜却还是紧紧地擎在他的手里……

再迟八年，一位八十二岁的老翁也在他的解脱前，喊一声"More light！"

"不够光亮"！"冲锋，冲锋，跟我来！"

火热的烟灰掉在我的手背上，惊醒了我的出神，我正想开口答复那位朋友的讥讽，谁知道睁眼看时，他早溜了！

罗曼·罗兰

罗曼·罗兰（Romain Rolland），这个美丽的音乐的名字，究竟代表些什么？他为什么值得国际的敬仰，他的生日为什么值得国际的庆祝？他的名字，在我们多少知道他的几个人的心里，引起些个什么？他是否值得我们已经认识他思想与景仰他人格的更亲切的认识他，更亲切的景仰他；从不曾接近他的，赶快从他的作品里去接近他？

一个伟大的作者如罗曼·罗兰或托尔斯泰，正是一条大河，它那波澜，它那曲折，它那气象，随处不同，我们不能划出它的一湾一角来代表它那全流。我们有幸在书本上结识他们的正比是尼罗河或扬子江沿岸的泥坷，各按我们的受量分沾他们的润泽的恩惠罢了。说起这两位作者——托尔斯泰与罗曼·罗兰：他们灵感的泉源是同一的，他们的使命是同一的，他们在精神上有相互的默契（详后），仿佛上天从不教他的灵光在世上完全灭迹，所以在这普遍的混浊与黑暗的世界内往往有这类秉承灵智的大天才在我们中间指点迷途，启示光明。但他们也自有他们不同的地方；如其我们还是引申上面这个比喻，托尔斯泰、罗曼·罗兰的前人，就更像是尼罗河的流域，它那两岸是浩瀚的沙碛，古埃及的墓宫，三角金字塔的映影，高矗的棕榈类的林木，间或有帐幕的游行队，天顶永远有异样的明星；罗曼·罗兰，托尔斯泰的后人，像是扬子江的流域，更近人间，更近人情的大河，它那两岸是青绿的桑麻，是连枌的房屋，在波粼里泅着的是鱼是虾，不是长牙齿的鳄鱼，岸边听得见的也不是神秘的驼铃，是随熟的鸡犬声。这也许是斯拉夫与拉丁民族各有的异禀，在这两位大师的身上得到更集中的表现，但他们润泽这苦旱的人间的使命是一致的。

　　十五年前一个下午，在巴黎的大街上，有一个穿马路的叫汽车给碰了，差一点没有死。他就是罗曼·罗兰。那天他要是死了，巴黎也不会怎样的注意，至多报纸上本地新闻栏里登一条小字："汽车肇祸，撞死了一个走路的，叫罗曼·罗兰，年四十五岁，在大学里当过音乐史教授，曾经办过一种不出名的杂志叫 Cahiers de la Quinzaine 的。"

　　但罗兰不死，他不能死；他还得完成他分定的使命。在欧战爆裂的那一年，罗兰的天才，五十年来在无名的黑暗里埋着的，忽然取得了普遍的认识。从此他不仅是全欧心智与精神的领袖，他也是全世界一个灵感的泉源。他的声音仿佛是最高峰上的崩雪，回响在远远的万壑间。五年的大战毁了无数的生命与文化的成绩，但毁不了的是人类几个基本的信念与理想，在这无形的精神价值的战场上，罗兰永远是一个不仆的英雄。对着在恶斗的旋涡里挣扎着的全欧，罗兰喊一声彼此是弟兄放手！对着蜘网似密布，疫疠似蔓延的怨恨，仇毒，虚妄，疯癫，罗兰集中他孤独的理智与情感的力量作战。对着普遍破坏的现象，罗兰伸出他单独的臂膀开始组织人道的势力。对着叫褊浅的国家主义与恶毒的报复本能迷惑住的智识阶级，他大声的唤醒他们应负的责任，要他们恢复思想的独立，救济盲目的群众。《在战场的空中》——"Above the Battle Field"——不是在战场上，在各民族共同的天空，不是在一国的领土内，我们听得罗兰的大声，也就是人道的呼声，像一阵光明的骤雨，激斗着地面上互杀的烈焰。罗兰的作战是有结果的，他联合了国际间自由的心灵，替未来的和平筑一层有力的基础。这是他自己的话：

> 我们从战争得到一个付重价的利益，它替我们联合了各民族中不甘受流行的种族怨毒支配的心灵。这次的教训益发激励他们的精力，强固他们的意志。谁说人类友爱是一个绝望的理想？我再不怀疑未来的全欧一致的结合。我们不久可以实现那精神的统一。这战争只是它的热血的洗礼。

这是罗兰，勇敢的人道的战士！当他全国的刀锋一致向着德人的时候，他敢说不，真正的敌人是你们自己心怀里的仇毒。当全欧破碎成不可收拾的断片时，他想象到人类更完美的精神的统一。友爱与同情，他相信，永远是打倒仇恨与怨毒的利器；他永远不怀疑他的理想是最后的胜利者。在他的前面有托尔斯泰与陀思妥耶夫斯基（虽则思想的形式不同），他的同时有泰戈尔与甘地（他们的思想的形式也不同），他们的立场是在高山的顶上，他们的视域在时间上是历史的全部，在空间里是人类的全体，他们的声音是天空里的雷震，他们的赠与是精神的慰安。我们都是牢狱里的囚犯，镣铐压住的，铁栏锢住的，难得有一丝雪亮暖和的阳光照上我们黝黑的脸面，难得有喜雀过路的欢声清醒我们昏沉的头脑。"重浊，"罗兰开始他的《贝多芬传》：

> 重浊是我们周围的空气。这世界是叫一种凝厚的污浊的秽息给闷住了……一种卑琐的物质压在我们的心里，压在我们的头上，叫所有民族与个人失却了自由工作的机会。我们会让掐住了转不过气来。来，让我们打开窗子好叫天空自由的空气进来，好叫我们呼吸古英雄们的呼吸。

打破我执的偏见来认识精神的统一；打破国界的偏见来认识人道的统一。这是罗兰与他同理想者的教训。解脱怨毒的束缚来实现思想的自由；反抗时代的压迫来恢复性灵的尊严。这是罗兰与他同理想者的教训。人生原是与苦俱来的；我们来做人的名分不是诅咒人生因为它给我们苦痛，我们正应在苦痛中学习，修养，觉悟，在苦痛中发现我们内蕴的宝藏，在苦痛中领会人生的真际。英雄，罗兰最崇拜如米开朗琪罗与贝多芬一类人道的英雄，不是别的，只是伟大的耐苦者。那些不朽的艺术家，谁不曾在苦痛中实现生命，实现艺术，实现一切的奥义？自己是个深感苦痛者，他推致他的同情给世上所有的受苦者；在他这受苦，这耐苦，是一种伟大，比事业的伟大更深沉的伟大。他要寻求的是地面上感悲哀感孤独的灵魂。"人生是艰难的。谁不甘愿承受庸俗，他这辈子就是不断的奋斗。并且这往往是苦痛的奋斗，没有光彩没有幸福，独自在孤单与沉默中挣扎。穷困压着你，家累累着你，无意味的沉闷的工作消耗你的精力，没有欢欣，没有希冀，没有同伴，你在这黑暗的道上甚至连一个在不幸中伸手给你的骨肉的机会都没有。"这受苦的概念便是罗兰人生哲学的起点，在这上面他求筑起一座强固的人道的寓所。因此在他有名的传记里他用力传述先贤的苦难生涯，使我们憬悟至少在我们的苦痛里，我们不是孤独的，在我们切己的苦痛里隐藏着人道的消息与线索。"不快活的朋友们，不要过分的自伤，因为最伟大的人们也曾分尝你们的苦味。我们正应得跟着他们的努奋自勉。假如我们觉得软弱，让我们靠着他们喘息。他们有安慰给我们。从他们的精神里放射着精力与仁慈。即使我们不研究他们的作品，即使我们听不到他们的声音，单从他们面上的光彩，单从他们曾经生活过的事实里，我们应得感悟到生命最伟大，最生产——甚至最快乐——的时候是在受苦痛的时候。"

我们不知道罗曼·罗兰先生想象中的新中国是怎样的；我们不知道为什么他特别示意要听他的思想在新中国的回响。但如其他能知道新中国像我们自己知道它一样，他一定感觉与我们更密切的同情，更贴近的关系，也一定更急急的伸手给我们握着——因为你们知道，我也知道，什么是新中国，但如其有人拿一些时行的口号，或是分裂与猜忌的现象，去报告罗兰先生说这是新中国，我再也不能预料他的感想了。

我已经没有时候与地位叙述罗兰的生平与著述；我只能匆匆地略说梗概。他是一个音乐的天才，在幼年音乐便是他的生命。他妈教他琴，在谐音的波动中他的童心便发现了不可言喻的快乐。莫扎特与贝多芬是他最早发现的英雄。所以在法国经受普鲁士战争爱国主义最高激的时候，这位年轻的圣人正在"敌人"的作品中尝味最高的艺术。他的自传里写着："我们家里有好多旧的德国音乐书。德国？我懂得那个字的意义？在我们这一带我相信德国人从没有人见过的，我翻着那一堆旧书，爬在琴上拼出一个个的音符。这些流动的乐音，谐调的细流，灌溉着我的童心，像雨水漫入泥土似的淹了进去。莫扎特与贝多芬的快乐与苦痛，想望的幻梦，渐渐的变成了我的肉的肉，我的骨的骨。我是它们，它们是我。要没有它们我怎过得了我的日子？我小时生病危殆的时候，莫扎特的一个调子就像爱人似的贴近我的枕衾看着我。长大的时候，每回逢着怀疑与懊丧，贝多芬的音乐又在我的心里拨旺了永久生命的火星。每回我精神疲倦了，或是心上有不如意事，我就找我的琴去，在音乐中洗净我的烦愁。"

要认识罗兰的不仅应得读他神光焕发的传记，还得读他十卷的Jean Christophe①，在这书里他描写他的音乐的经验。

他在学堂里结识了莎士比亚，发现了诗与戏剧的神奇。他的哲学的灵感，与歌德一样，是泛神主义的斯宾诺塞。他早年的朋友是近代法国三大诗人：克洛岱乐（Patti Claudel 法国驻日大使），Ande Suares②，与Charles Peguy③（后来与他同办Cahiers de la Quinzaine）。那时槐格纳是压倒一时的天才，也是罗兰与他少年朋友们的英雄。但在他个人更重要的一个影响是托尔斯泰。他早就读他的著作，十分的爱慕他，后来他念了他的《艺术论》，那只俄国的老象——用一个偷来的比喻——走进了艺术的花园里去，左一脚踩倒了一盆花，那是莎士比亚，右一脚又踩倒了一盆花，那是贝多芬，这时候少年的罗曼·罗兰走到了他的思想的歧路了。莎氏、贝氏、托氏，同是他的英雄，但托氏愤愤的申斥莎、贝一流的作者，说他们的艺术都是要不得，不相干的，不是真的人道的艺术——他早年的自己也是要不得不相干的。在罗兰一个热烈的寻求真理者，这来就好似青天里一个霹雳，他再也忍不住他的疑虑。他写了一封信给托尔斯泰，陈述他的冲突的心理。他那年二十二岁。过了几个星期罗兰差不多把那信忘都忘了，一天忽然接到一封邮件：三十八满页写的一封长信，伟大的托尔斯泰的亲笔给这不知名的法国少年的！"亲爱的兄弟，"那六十老人称呼他，"我接到你的第一封信，我深深的受感在心。我念你的信，泪水在我的眼里。"下面说他艺术的见解：我们投入人生的动机不

---

① Jean Christophe：即《约翰·克利斯朵夫》。
② Ande Suares：即苏亚雷斯。
③ Charles Peguy：即贝玑。

应是为艺术的爱,而应是为人类的爱。只有经受这样灵感的人才可以希望在他的一生实现一些值得一做的事业。这还是他的老话,但少年的罗兰受深彻感动的地方是在这一时代的圣人竟然这样恳切的同情他,安慰他,指示他,一个无名的异邦人。他那时的感奋我们可以约略想象。因此罗兰这几十年来每逢少年人写信给他,他没有不亲笔作复,用一样慈爱诚挚的心对待他的后辈。这来受他的灵感的少年人更不知多少了。这是一件含奖励性的事实。我们从此可以知道凡是一件不勉强的善事就比如春天的熏风,它一路来散布着生命的种子,唤醒活泼的世界。

但罗兰那时离着成名的日子还远,虽则他从幼年起只是不懈的努力。他还得经尝身世的失望(他的结婚是不幸的,近三十年来他几于是完全隐士的生涯,他现在瑞士的鲁山,听说与他妹子同居),种种精神的苦痛,才能实受他的劳力的报酬——他的天才的认识与接受。他写了十二部长篇剧本,三部最著名的传记(米开朗琪罗、贝多芬、托尔斯泰),十大篇 Jean Christophe,算是这时代里最重要的作品的一部,还有他与他的朋友办了十五年灰色的杂志,但他的名字还是在晦塞的灰堆里掩着——直到他将近五十岁那年,这世界方才开始惊讶他的异彩。贝多芬有几句话,我想可以一样适用到一生劳瘁不息的罗兰身上:

我没有朋友,我必得单独过活;但是我知道在我心灵的底里上帝是近着我,比别人更近。我走近他我心里不害怕,我一向认识他的。我从不着急我自己的音乐,那不是坏运所能颠扑的,谁要能懂得它,它就有力量使他解除磨折旁人的苦恼。

曼殊斐儿

"这心灵深处的欢畅,
这情绪境界的壮旷;
任天堂沉沦,地狱开放,
毁不了我内府的宝藏!"

——《康河晚照即景》

美感的记忆，是人生最可珍的产业，认识美的本能是上帝给我们进天堂的一把密钥。

有人的性情，例如我自己的，如以气候喻，不但是阴晴相间，而且常有狂风暴雨，也有最艳丽蓬勃的春光。有时遭逢幻灭，引起厌世的悲观，铅般的重压在心上，比如冬令阴霾，到处冰结，莫有微生气；那时便怀疑一切；宇宙、人生、自我，都只是幻的妄的；人情、希望、理想也只是妄的幻的。

Ah, human nature, how,

If utterly frail thou art and vile.

If dust thou an and ashes, is thy heart so great?

If thou an noble in part.

How are thy loftiest impulses and thoughts

By so ignobles causes kindled and put out?

"Sopra un ritratto di una bella donna."

这几行是最深入的悲观派诗人理巴第（Leopardi）的诗；一座荒坟的墓碑上，刻着冢中人生前美丽的肖像，激起了他这根本的疑问——若说人生是有理可寻的，何以到处只是矛盾的现象；若说美是幻的，何以他引起的心灵反应能有如此之深切；若说美是真的，何以也与常物同归腐朽？但理巴第探海灯似的智力虽则把人间种种事物虚幻的外像——褫剥，连宗教都剥成了个赤裸的梦，他却没有力量来否认美！美的创现他只能认为是稀奇的，他也不能否认高洁的精神恋，虽则他不信女子也能有同样的境界。在感美感恋的最纯粹的一刹那间，理巴第不能不承认是极乐天国的消息，不能不承认是生命中最宝贵的经验，所以我每次无聊到极点的时候，在层冰般严封的心河底里，突然涌起一股消融一切的热流，顷刻间消融了厌世的结晶，消融了烦闷的苦冻。那热流便是感美感恋最纯粹的一俄顷之回忆。

To see a world in a grain of sand.

And a Heaven in a wild flower.

Hold infinity in the palm of your hand

And eternity in an hour…

Auguries of Maveenee William Glabe.

　　从一颗沙里看出世界，

　　天堂的消息在一朵野花，

　　将无限存在你的掌上。

　　刹那间涵有无穷的边涯……

　　这类神秘性的感觉，当然不是普遍的经验，也不是常有的经验。凡事只认实际的人，当然嘲讽神秘主义，当然不能相信科学可解释的神经作用，曾发生科学所不能解释的神秘感觉。但世上"可为知者道不可与不知者言"的事正多着哩！

　　从前在十六世纪，有一次有一个意大利的牧师学者到英国乡下去，见了一大片盛开的苜蓿在阳光中竟似一湖欢舞的黄金，他只惊喜得手足无措，慌忙跪在地上，仰天祈告，感谢上帝的恩典，使他得见这样的美，这样的神景，他这样发疯似的举动当时一定招起在旁乡下人的哗笑。我这篇里要讲的经历，恐怕也有些那牧师狂喜的疯态，但我也深信读者里自有同情的人，所以我也不怕遭到乡下人的笑话！

　　去年七月中有一天晚上，天雨地湿，我独自冒着雨在伦敦的海姆司堆特（Hampstead）问路警，问行人，在寻彭德街第十号的屋子。那就是我初次，不幸也是末次，会见曼殊斐儿——"那二十分不死的时间！"——的一晚。

　　我先认识麦雷君，John Middleton Murry，Athenaeum 的总主笔，诗人，著名的评衡家，也是曼殊斐儿一生最后十余年间最密切的伴侣。

　　他和她自 1913 年起，即夫妇相处，但曼殊斐儿却始终用她到英国以后的"笔名"Katharine Mansfield。她生长于纽新兰（New zealand），原名是 Kathleen Beanchamp，是纽新兰银行经理 sir Harold Beanchamp 的女儿，她十五年前离开了本乡，同着她三个小妹子到英国，进伦敦大学院读书。她从小即以美慧著名，但身体也从小即很怯弱。她曾在德国住过，那时她写她的第一本小说"In a German Pension"。大战期间她在法国的时候多，近几年她也常在瑞士意大利及法国南部。她所以常在外国，就为她身体太弱，禁不得英伦的雾迷雨苦的天时，麦雷为了伴她也只得把一部分的事业放弃（"Athenaeum"之所以并入"London Nation"就为此），跟着他安琪儿似的爱妻，寻求健康。据说可怜的曼殊斐儿战后得了肺病证明以后，医生明说她不过三两年的寿限，所以麦雷和她相处有限光阴，真是分秒可数,多见一次夕照,多经一度朝旭,她优昙似的余荣,便也消减了如许的活力,这颇使人想起茶花女一面吐血一面纵酒恣欢时的名句:"Youknow I have not long to live, therefore I will live fast!——你知道我是活不久长的,所以我存心活他一个痛快!"我正不知道多情的麦雷,对着这艳丽无双的夕阳,渐渐消翳,心里"爱莫能助"的悲感,浓烈到何等田地!

但曼殊斐儿的"活他一个痛快"的方法,却不是像茶花女的纵酒恣欢,而是在文艺中努力;她像夏夜榆林中的鹃鸟,吐出缕缕的心血来制成无变的情曲,便唱到血枯音嘶,也还不忘她的责任是牺牲自己有限的精力,替自然界多增几分的美,给苦闷的人间几分艺术化精神的安慰。

她心血所凝成的便是两本小说集,一本是"Bliss",一本是去年出版的"Garden Pary"。凭这两部书里的二三十篇小说,她已经在英国的文学界里占了一个很稳固的位置。一般的小说只是小说,她的小说却是纯粹的文学,真的艺术;平常的作者只求暂时的流行,博群众的欢迎,她却只想留下几小块"时灰"掩不暗的真晶,只要得少数知音者的赞赏。

但唯其是纯粹的文学,她著作的光彩是深蕴于内而不是显露于外者,其趣味也须读者用心咀嚼,方能充分的理会。我承作者当面许可选择她的精品,如今她已去世,我更应珍重实行我翻译的特权,虽则我颇怀疑我自己的胜任。我的好友陈通伯他所知道的欧洲文学恐怕在北京比谁都更渊博些,他在北大教短篇小说,曾经讲过曼殊斐儿的,很使我欢喜。他现在答应也来选读几篇,我更要感谢他了。关于她短篇艺术的长处,我也希望通伯能有机会说一点。

现要让我讲那晚怎样的会晤曼殊斐儿。早几天我和麦雷在 Charing Cross 背后一家嘈杂的 A.B.C. 茶店里,讨论英法文坛的状况。我乘便说起近几年中国文艺复兴的趋向,在小说里感受俄国作者的影响最深,他几于跳了起来,因为他们夫妻最崇拜俄国的几位大家,他曾经特别研究过陀思妥耶夫斯基,著有一本"Dostoievsky: A Critilcal Study",曼殊斐儿又是私淑契诃夫(Tchekhov)的,他们常在抱憾俄国文学始终不会受英国人相当的注意,因之小说的质与式,还脱不尽维多利亚时期的 Philistinism。我又乘便问起曼殊斐儿的近况,他说她这一时身体颇过得去,所以此次敢伴着她回伦敦来住两个星期,他就给了我他们的住址,请我星期四晚上去会她和他们的朋友。

所以我会见曼殊斐儿，真算是凑巧的凑巧。星期三那天我到惠尔思（H.C.Wells）乡里的家去了（Easten Glebe），下一天和他的夫人一同回伦敦，那天雨下得很大，我记得回寓时浑身都淋湿了。

他们在彭德街的寓处，很不容易找（伦敦寻地方总是麻烦的，我恨极了那个回街曲巷的伦敦。），后来居然寻着了，一家小小一楼一底的屋子，麦雷出来替我开门，我颇狼狈地拿着雨伞还拿着一个朋友还我的几卷中国字画，进了门。我脱了雨具，他让我进右首一间屋子，我到那时为止对于曼殊斐儿只是对一个有名的年轻女作者的景仰与期望；至于她的"仙姿灵态"我那时绝对没有想到，我以为她只是与 Roes Macaulay, Virginia Woolf, Roma Wilon, Mrs.Lueas, VenessaBell 几位女文学家的同流人物。平常男子文学家与美术家，已经尽够怪僻，近代女子文学家更似乎故意养成怪僻的习惯，最显著的一个通习是装饰之务淡朴，务不入时，务"背女性"；头发是剪了的，又不好好的收拾，一团糟的散在肩上；袜子永远是粗纱的；鞋上不是有泥就有灰，并且大都是最难看的样式；裙子不是异样的短就是过分的长，眉目间也许有一两圈"天才的黄晕"，或是带着最可厌的美国式龟壳大眼镜，但她们的脸上却从不见脂粉的痕迹，手上装饰亦是永远没有的，至多无非是多烧了香烟的焦痕，哗笑的声音十次里有九次半盖过同座的男子；走起路来也是挺胸凸肚的，再也辨不出是夏娃的后身；开起口来大半是男子不敢出口的话；当然最喜欢讨论的是 Freudian Complex, Birth Control 或是 George Moore 与 James Joyce 私人印行的新书，例如"A Story—teller's Holiday" "ulysses"。总之她们的全人格只是妇女解放的一幅讽刺画（Amy Lowell 听说整天的抽大雪茄！），和这一班立意反对上帝造人的本意的"唯智的"女子在一起，当然也有许多有趣味的地方，但有时总不免感觉她们矫揉造作的痕迹过深，引起一种性的憎忌。

我当时未见曼殊斐儿以前，固然并没有预想她是这样一流的 Futuristic，但也绝对没梦想到她是女性的理想化。

所以我推进那房门的时候，我就盼望她———一个将近中年和蔼的妇人———笑盈盈地从壁炉前沙发上站起来和我握手问安。

但房里———一间狭长的壁炉对门的房———只见鹅黄色恬静的灯光，壁上炉架上杂色的美术的陈设和画件，几张有彩色画套的沙发围列在炉前，却没有一半个人影。麦雷让我一张椅上坐了,伴着我谈天,谈的是东方的观音和耶教的圣母,希腊的 Virgin Diana,埃及的 Isis,波斯的 Mithraism 里的 Virgin 等等之相仿佛,似乎处女的圣母是所有宗教里一个不可少的象征……我们正讲着,只听得门上一声剥啄,接着进来了一位年轻女郎,含笑着站在门口,"难道她就是曼殊斐儿——这样的年轻……"我心里在疑惑。她一头的褐色卷发,盖着一张小圆脸,眼极活泼,口也很灵动,配着一身极鲜艳的衣裳——漆鞋,绿丝长袜,银红绸的上衣,酱紫的丝绒围裙——亭亭的立着,像一棵临风的郁金香。

麦雷起来替我介绍,我才知道她不是曼殊斐儿,而是屋主人,不知是密司 Beir 还是 Beek,我记不清了,麦雷是暂寓在她家的;她是个画家,壁上挂的画,大都是她自己的作品。她在我对面的椅上坐了,她从炉架上取下一个小发电机似的东西拿在手里,头上又戴了一个接电话生戴的听箍,向我凑得很近的说话,我先还当是无线电的玩具,随后方知这位秀美的女郎,听觉和我自己的视觉仿佛,要借人为方法来补充先天的不足。(我那时就想起聋美人是个好诗题,对她私语的风情是不可能的了!)

她正坐定,外面的门铃大响——我疑心她的门铃是特别响些,来的是我在法兰先生(Roger Fry)家里会过的 Sydney Waterloo,极诙谐的一位先生,有一次他从他巨大的袋里一连摸出了七八支的烟斗,大的小的长的短的,各种颜色的,叫我们好笑。他进来就问麦雷,迦赛林(Katharine)今天怎样。我竖起了耳朵听他的回答,麦雷说:"她今天不下楼了,天气太坏,谁都不受用……"华德鲁就问他可否上楼去看她,麦说可以的。华又问了密司 B 的允许站了起来,他正要走出门,麦雷又赶过去轻轻地说:"Sydney,don't talk too much"。

楼上微微听得出步响,W 已在迦赛林房中了。一面又来了两个客,一个矮的 M 才从游希腊回来,一个轩昂的美丈夫,就是 London Nation and Athenaeum 里每周做科学文章署名 S 的 Sullivan。M 就讲他游希腊的情形,尽背着古希腊的史迹名胜,Parnassus 长 Mycenae 短讲个不住。S 也问麦雷迦赛林如何,麦说今晚不下楼,W 现在楼上。过了半点钟模样,W 笨重的足音下来了,S 就问他迦赛林倦了没有,W 说:"不,不像倦,可是我也说不上,我怕她累,所以我下来了。"再等一歇,S 也问了麦雷的允许上楼去,麦也照样的叮嘱他不要让她乏了。麦问我中国的书画,我乘便就拿那晚带去的一幅赵之谦的"草书法画梅",一幅王觉斯的草书,一幅梁山舟的行书，打开给他们看，讲了些书法大意，密司 B 听得高兴，手捧着她的听盘，挨近我身旁坐着。

但我那时心里却颇有些失望，因为冒着雨存心要来一会"Bliss"的作者，偏偏她又不下楼；同时 W、S、麦雷的烘云托月，又增加了我对她的好奇心。我想运气不好，迦赛林在楼上，老朋友还有进房去谈的特权，外国人的生客，一定是没有份的了。时已十时过半了，我只得起身告别，走出房门，麦雷陪出来帮我穿雨衣，我一面穿衣，一面说我很抱歉，今晚密司曼殊斐儿不能下来，否则我是很想望会她的。但麦雷却很诚恳地说："如其你不介意，不妨请上楼去一见。"我听了这话喜出望外，立即将雨衣脱下，跟着麦雷一步一步的上楼梯……

上了楼梯，叩门，进房，介绍，S 告辞，和 M 一同出房，关门，她请我坐了，我坐下，她也坐下……这么一大串繁复的手续，我只觉得是像电火似的一扯过，其实我只推想应有这么些逻辑的经过，却并不会亲切的一一感到；当时只觉得一阵模糊，事后每次回想也只觉得是一阵模糊，我们平常从黑暗的街里走进一间灯烛辉煌的屋子，或是从光薄的屋子里出来骤然对着盛烈的阳光，往往觉得耀光太强，头晕目眩的要定一定神，方能辨认眼前的事物。用英文说就是 Senses overwhelmed by excessive light，不仅是光，浓烈的颜色有时也有"潮没"官觉的效能。我想我那时，虽不定是被曼殊斐儿人格的烈光所潮没，她房里的灯光陈设以及她自身衣饰种种名品浓艳灿烂的颜色，已够使我不预防的神经，感觉刹那间的淆惑，那是很可理解的。

她的房给我的印象并不清切，因为她和我谈话时，不容我分心去认记房中的布置，我只知道房是很小，一张大床差不多就占了全房大部分的地位，壁是用画纸裱的，挂着好几幅油画大概也是主人画的。她和我同坐在床左贴壁一张沙发榻上，因为我斜倚她正坐的缘故，她似乎比我高得多（在她面前哪一个不是低的，真的！）。我疑心那两盏电灯是用红色罩的，否则何以我想起那房，便联想起"红烛高烧"的景象？但背景究属不甚重要，重要的是给我最纯粹的美感的——The purest aesthetic feeling——她；是使我使用上帝给我那管进天堂的密钥的——她；是使我灵魂的内府里又增加了一部宝藏的——她。但要用不驯服的文字来描写那晚的她，不要说显示她人格的精华，就是忠实地表现我当时的单纯感象，恐怕就够难的一个题目。从前一个人有一次做梦，进天堂去玩了，他异样的欢喜，明天一起身就到他朋友那里去，想描摹他神妙不过的梦境。但是！他站在朋友面前，结住舌头，一个字都说不出来，因为他要说的时候，才觉得他所学的人间适用的字句，绝对不能表现他梦里所见天堂的景色，他气得从此不开口，后来就抑郁而死，我此时妄想用字来活现出一个曼殊斐儿，也差不多有同样的感觉，但我却宁可冒亵渎神灵的罪，免得像那位诚实君子活活的闷死。她也是铄亮的漆皮鞋，闪色的绿丝袜，枣红丝绒的围裙，嫩黄薄绸的上衣，领口是尖开的，胸前挂一串细珍珠，袖口只齐及肘弯。她的发是黑的，也同密司 B 一样剪短的，但她栉发的式样，却是我在欧美从没有见过的，我疑心她有心仿效中国式，因为她的发不但纯黑而且直而不卷，整整齐齐的一圈，前面像我们十余年前的"刘海"梳得光滑异常，我虽则说不出所以然，我只觉她发之美也是生平所仅见。

至于她眉目口鼻之清之秀之明净，我其实不能传神于万一，仿佛你对着自然界的杰作，不论是秋月洗净的湖山，霞彩纷披的夕照，南洋里莹澈的星空，或是艺术界的杰作，贝多芬的沁芳，南槐格纳的奥配拉，米开朗琪罗的雕像，卫师德拉（Whistle）或是柯罗（Corot）的画；你只觉得他们整体的美，纯粹的美，不能分析的美，可感不可说的美；你仿佛直接无碍的领会了造作最高明的意志，你在最伟大深刻的戟刺中经验了无限的欢喜，在更大的人格中解化了你的性灵。我看了曼殊斐儿像印度最纯澈的碧玉似的容貌，受着她充满了灵魂的电流的凝视，感着她最和软的春风似的神态，所得的总量我只能称之为一整个的美感。她仿佛是个透明体，你只感讶她粹极的灵澈性，却看不见一些杂质。就是她一身的艳服，如其别人穿着也许会引起琐碎的批评，但在她身上，你只是觉得妥帖，像牡丹的绿叶，只是不可少的衬托，汤林生①，她生前的一个好友，以阿尔帕斯山巅万古不融的雪，来比拟她清极超俗的美，我以为很有意味的；他说：——

    曼殊斐儿以美称，然美固未足以状其真，世以可人为美，曼殊斐儿固可人矣，然何其脱尽尘寰气，一若高山琼雪，清澈重霄，其美可惊，而其凉亦可感。艳阳被雪，幻成异彩，亦明明可识，然亦似神境在远，不隶人间，曼殊斐儿肌肤明皙如纯牙，其官之秀，其目之黑，其颊之腴，

---

① 汤林生：今译汤姆林森（H.M.Tom linson，1873—1958 年）英国作家。

其约发环整如鬟，其神态之娴静，有华族粲者之明粹，而无西艳伉杰之容。其躯体尤苗约，绰如也，若明蜡之静焰，若晨星之澹妙，就语者未尝不自讶其吐息之重浊，而虑是静且澹者之且神化……

汤林生又说她锐敏的目光，似乎直接透入你灵府深处将你所蕴藏的秘密一齐照彻，所以他说她有鬼气，有仙气，她对着你看，不是见你的面之表，而是见你心之底，但她却不是侦刺你的内蕴，并不是有目的搜罗，而只是同情的体贴。你在她面前，自然会感觉对她无缜密的必要；你不说她也有数，你说了她也不会惊讶。她不会责备，她不会恚恚，她不会奖赞，她不会代你出什么物质利益的主意，她只是默默的听，听完了然后对你讲她自己超于美恶的见解——真理。

这一段从长期交谊中出来深入的话，我与她仅一二十分钟的接近当然不曾体会到，但我敢说从她神灵的目光里推测起来，这几句话不但是可能，而且是极近情的。

所以我那晚和她同坐在蓝丝绒的榻上。幽静的灯光，轻笼住她美妙的全体，我像受了催眠似的，只是痴对她神灵的妙眼，一任她利剑似的光波，妙乐似的音浪，狂潮骤雨似的向着我灵府泼淹。我那时即使有自觉的感觉，也只似济慈（Keats）听鹃啼时的：

"My heartaches, and a drowsy numbness pains

My sense, as though of homlock I had drunk

"This not through envy of thy happy lot.

But being too happy in thy happiness."

曼殊斐儿音声之美，又是一个 Miracle。一个个音符从她脆弱的声带里颤动出来，都在我习于尘俗的耳中，启示一种神奇的意境，仿佛蔚蓝的天空中一颗一颗的明星先后涌现。像听音乐似的，虽则明明你一生从不曾听过，但你总觉得好像曾经闻到过的，也许在梦里，也许在前生。她的，不仅引起你听觉的美感，而竟似直通你的心灵底里，抚摩你蕴而不宣的苦痛，温和你半僵的希望，洗涤你窒碍性灵的俗累，增加你精神快乐的情调，仿佛凑住你灵魂的耳畔私语你平日所冥想不得的仙界消息。我便此时回想，还不禁内动感激的悲慨，几于零泪；她是去

了，她的音声笑貌也似蜃彩似的一翳不再,我只能学 Abt Vogler① 之自慰,虔信:

Whose voice has gone forth, but each survives for the melodist When eternity affirms the conception of an hour. Enough that he heard it once, we shall hear it by and by.

曼殊斐儿,我前面说过,是病肺痨的,我见她时,正离她死不过半年,她那晚说话时,声音稍高,肺管中便如吹荻管似地呼呼作响。她每句话尾收顿时,总有些气促,颧颊间便也多添一层红润,我当时听出了她肺弱的音息,便觉得切心的难过,而同时她天才的兴奋,偏是逼迫她音度的提高,音愈高,肺嘶亦更厉厉,胸间的起伏亦隐约可辨,可怜!我无奈何只得将自己的声音特别的放低,希冀她也跟着放低些,果然很灵效,她也放低了不少,但不久她又似内感思想的戟刺,重复节节的高引。最后我再也不忍因此而多耗她珍贵的精力,并且也记得麦雷再三叮嘱 W 与 S 的话,就辞了出来。总计我自进房至出房——她站在房门口送我——不过二十分的时间。

我与她所讲的话也很有意味,但大部分是她对于英国当时最风行的几个小说家的批评——例如 Rebecca West, Romer Wilson, Hutchingson, Swinnerton 等——恐怕因为一般人不熟悉,那类简约的评语不能引起相当的兴味。麦雷自己是现在英国中年的评衡家最有学有识之一人——他去年在牛津大学讲的《The Problem of Style》有人誉为安诺德(Mathew Arnold)以后评衡界里最重要的一部贡献——而他总常常推尊曼殊斐儿,说她是评衡的天才,有言必中肯的本能。所以我此刻要把她简评的珠沫,略过不讲,很觉得有些可惜。她说她方才从瑞士回来,在那边和罗素夫妇的寓处相距颇近,常常谈起东方好处,所以她原来对于中国的景仰,更一进而为爱慕的热忱。她说她最爱读 Arthur Waley 所谈的中国诗,她说那样的诗艺在西方真是一个 Wonderful Revelatian,她说新近 Amy Lowell 译的很使她失望,她这里又用她爱用的短句——"That's not the thing!"她问我译过没有,她再三劝我应得试试,她以为中国诗只有中国人能译得好的。

她又问我是否也是写小说的,她又殷勤问中国顶喜欢契诃夫的那几篇,译得怎么样,此外谁最有影响。

她问我最喜欢读哪几家小说,我说哈代、康拉德,她的眉梢耸了一耸笑道:

---

① Abt Vogler:指下文英国诗人勃朗宁的诗歌。

"Isn't is ! We have to go back to the old masters for good literature——the realthing！"

她问我回中国去打算怎么样，她希望我不进政治，她愤愤地说现代政治的世界，不论哪一国，只是一乱堆的残暴和罪恶。

后来说起她自己的著作。我说她的太是纯粹的艺术，恐怕一般人反而不认识，她说：

"That's just it. Then of course, popularity is never the thing for us."

我说我以后也许有机会试翻她的小说，很愿意先得作者本人的许可。她很高兴的说她当然愿意，就怕她的著作不值得翻译的劳力。

她盼望我早日回欧洲，将来如到瑞士再去找她，她说怎样的爱瑞士风景，琴妮湖怎样的妩媚，我那时就仿佛在湖心柔波间与她荡舟玩景：

"Clear, placid Leman！

……Thy soft murmuring sounds sweet as if a sister's voice reproved.

That I with stem delights should ever have been so moved."

……Lord Byron

我当时就满口的答应，说将来回欧一定到瑞士去访她。

末了我说恐怕她已经倦了，深恨与她相见之晚，但盼望将来还有再见的机会。她送我到房门口，与我很诚挚地握别……。

将近一月前，我得到消息说曼殊斐儿已经在法国的芳丹卜罗去世。这一篇文字，我早已想写出来，但始终为笔懒，延到如今，岂知如今却变了她的祭文！下面附的一首诗也许表现我的悲感更亲切些。

哀曼殊斐儿

我昨夜梦入幽谷，

　听子规在百合丛中泣血，

我晚夜梦登高峰，

　见一颗光明泪自天坠落。

古罗马的郊外有座墓园，

徐志摩

诗歌 散文

　　　　静偃着百年前客殇的诗骸；
　　百年后海岱士黑辇的车轮，
　　　　又喧响在芳丹卜罗的青林边。

　　说宇宙是无情的机械，
　　　　为甚明灯似的理想闪耀在前？
　　说造化是真善美之创现，
　　　　为甚五彩虹不常住天边？

　　我与你虽仅一度相见——
　　　　但那二十分不死的时间！
　　谁能信你那仙姿灵态，
　　　　竟已朝露似的永别人间？

　　非也！生命只是个实体的幻梦，
　　　　美丽的灵魂，永承上帝的爱宠；
　　三十年小住，只似昙花之偶现，
　　　　泪花里我想见你笑归仙宫。

　　你记否伦敦约言，曼殊斐儿！
　　　　今夏再见于琴妮湖之边；
　　琴妮湖永抱着白朗矶的雪影，
　　　　此日我怅望云天，泪下点点！

　　我当年初临生命的消息，
　　　　梦觉似的骤感恋爱之庄严；
　　生命的觉悟是爱之成年，
　　　　我今又因死而感生与恋之涯沿！

因情是掼不破的纯晶,
　　爱是实现生命之唯一途径;
死是座伟秘的洪炉,此中
　　凝练万象所从来之神明。

我哀思焉能电花似的飞骋,
　　感动你在天日遥远的灵魂?
我洒泪向风中遥送,
　　问何时能戳破生死之门?

谒见哈代的一个下午

一

　　"如其你早几年,也许就是现在,到道骞司德的乡下,你或许碰得到《裘德》的作者,一个和善可亲的老者,穿着短裤便服,精神飒爽的,短短的脸面,短短的下颏,在街道上闲暇的走着,招呼着,答话着,你如其过去问他卫撒克士小说里的名胜,他就欣欣的从详指点讲解;回头他一扬手,已经跳上了他的自行车,按着车铃,向人丛里去了。我们读过他著作的,更可以想象这位貌不惊人的圣人在卫撒克士广大的,起伏的草原上,在月光下,或在晨曦里,深思地徘徊着。天上的云点,草里的虫吟,远处隐约的人声都在他灵敏的神经里印下了不磨的痕迹;或在残败的古堡里拂拭乱石上的苔青与网结;或在古罗马的旧道上,冥想数千年前铜盔铁甲的骑兵曾经在这日光下驻踪;或在黄昏的苍茫里,独倚在枯老的大树下,听前面乡村里的青年男女,在笛声琴韵里,歌舞他们节会的欢欣;或在济慈或雪莱或史文庞的遗迹,悄悄的追怀他们艺术的神奇……在他的眼里,像在高蒂闲(Theophile Gautier)的眼里,这看得见的世界是活着的;在他的'心眼'(The Inward Eye)里,像在他最服膺的华兹华斯的心眼里,人类的情感与自然的景象是相联合的;在他的想象里,像在所有大艺术家的想象里,不仅伟大的史绩,就是眼前最琐小最暂忽的事实与印象，都有深奥的意义，平常人所忽略或竟不能窥测的。从他那六十年不断的心灵生活，——观察、考量、揣度、印证，——从他那六十年不懈不弛的真纯经验里，哈代像春蚕吐丝制茧似的，抽绎他最微妙最桀骜的音调，纺织他最缜密最经久的诗歌——这是他献给我们可珍的礼物。"

二

上文是我三年前慕而未见时半自想象半自他人传述写来的哈代。去年七月在英国时，承狄更生先生的介绍，我居然见到了这位老英雄，虽则会面不及一小时，在余小子已算是莫大的荣幸，不能不记下一些踪迹。我不讳我的"英雄崇拜"。山，我们爱踹高的；人，我们为什么不愿意接近大的？但接近大人物正如爬高山，往往是一件费劲的事；你不仅得有热心，你还得有耐心。半道上力乏是意中事，草间的刺也许拉破你的皮肤，但是你想一想登临危峰时的愉快！真怪，山是有高的，人是有不凡的！我见曼殊斐儿，比方说，只不过二十分钟模样的谈话，但我怎么能形容我那时在美的神奇的启示中的全生的震荡？——

我与你虽仅一度相见——

但那二十分不死的时间！

果然，要不是那一次巧合的相见，我这一辈子就永远见不着她——会面后不到六个月她就死了。自此我愈发坚持我英雄崇拜的势利，在我有力量能爬的时候，总不教放过一个"登高"的机会。我去年到欧洲完全是一次"感情作用的旅行"；我去是为泰戈尔，顺便我想去多瞻仰几个英雄。我想见法国的罗曼·罗兰；意大利的丹农雪乌，英国的哈代。但我只见着了哈代。

在伦敦时对狄更生先生说起我的愿望，他说那容易，我给你写信介绍，老头精神真好，你小心他带了你到道骞斯德林子里去走路，他仿佛是没有力乏的时候似的！那天我从伦敦下去到道骞斯德，天气好极了，下午三点过到的。下了站我不坐车，问了 Max Gate 的方向，我就欣欣的走去。他家的外园门正对一片青碧的平壤，绿到天边，绿到门前；左侧远处有一带绵邈的平林。进园径转过去就是哈代自建的住宅，小方方的壁上满爬着藤萝。有一个工人在园的一边剪草，我问他哈代先生在家不，他点一点头，用手指门。我拉了门铃，屋子里突然发一阵狗叫声，在这宁静中听得怪尖锐的，接着一个白纱抹头的年轻下女开门出来。

"哈代先生在家"，她答我的问，"但是你知道哈代先生是'永远'不见客的。"

我想糟了。"慢着",我说,"这里有一封信,请你给递了进去。""那末请候一候。"她拿了信进去,又关上了门。

她再出来的时候脸上堆着最俊俏的笑容。"哈代先生愿意见你,请进来。"多俊俏的口音!"你不怕狗吗,先生?"她又笑了。"我怕。"我说,"不要紧,我们的梅雪就叫,她可不咬,这儿生客来得少。"

我就怕狗的袭来!战兢兢地进了门,进了客厅,下女关门出去,狗还不曾出现,我才放心。壁上托着萨金特(John Sargent)的哈代画像,一边是一张雪莱的像,书架上记得有雪莱的大本集子,此外陈设是朴素的,屋子也低,暗沉沉的。

我正想着老头怎么会这样喜欢雪莱,两人的脾胃相差够多远,外面楼梯上一阵急促的脚步声和狗铃声下来,哈代推门进来了。我不知他身材实际多高,但我那时站着平望过去,最初几乎没有见他,我的印象他是一个矮极了的小老头儿。我正要表示我一腔崇拜的热心,他一把拉了我坐下,口里连着说"坐坐",也不容我说话,仿佛我的"开篇"辞他早就有数,连着问我,他那急促的一顿顿的语调与干涩的苍老的口音,"你是伦敦来的?""狄更生是你的朋友?""他好?""你译我的诗?""你怎么翻的?""你们中国诗用韵不用?"前面那几句问话是用不着答的(狄更生信上说起我翻他的诗),所以他也不等我答话,直到末一句他才收住了。他坐着也是奇矮,也不知怎的,我自己只显得高,私下不由得局促,似乎在这天神面前我们凡人就在身材上也不应分占先似的!(啊,你没见过萧伯纳——这比下来你是个蚂蚁!)这时候他斜着坐,一双手搁在台上,头微微低着,眼往下看,头顶完全秃了,两边脑角上还各有一髻也不全花的头发;他的脸盘粗看像是一个尖角往下的等边形三角,两颧像是特别宽,从宽浓的眉尖直扫下来束住在一个短促的下巴尖;他的眼不大,但是深窈的,往下看的时候多,不易看出颜色与表情。最特别的,最"哈代的",是他那口连着两旁松松往下坠的夹腮皮。如其他的眉眼只是忧郁的深沉,他的口脑的表情分明是厌倦与消极。不,他的脸是怪,我从不曾见过这样耐人寻味的脸。他那上半部,秃的宽广的前额,着发的头角,你看了觉得好玩,正如一个孩子的头,使你感觉一种天真的趣味,但愈往下愈不好看,愈使你觉得难受,他那皱纹龟驳的脸皮正使你想起块苍老的岩石,雷电的猛烈,风霜的侵凌,雨溜的剥蚀,苔藓的沾染,虫鸟的斑斓,什么时间与空间的变幻都在这上面遗留着痕迹!你知道他是不抵抗的,忍受的,但看他那下

颊,谁说这不泄露他的怨毒,他的厌倦,他的报复性的沉默!他不露一点笑容,你不易相信他与我们一样也有喜笑的本能。正如他的脊背是倾向伛偻,他面上的表情也只是一种不胜压迫的伛偻。喔哈代!

回讲我们的谈话。他问我们中国诗用韵不。我说我们从前只有韵的散文,没有无韵的诗,但最近……但他不要听最近,他赞成用韵,这道理是不错的。你投块石子到湖心里去,一圈圈的水纹漾了开去,韵是波纹,少不得。抒情诗 Lyric 是文学的精华的精华。颠不破的钻石,不论多小。磨不减的光彩。我不重视我的小说。什么都没有做好的小诗难(他背了莎氏的 "Tell me where is Fancy bred",朋琼生(Ben Jonson)的 "Drink to me only with thine eyes" 高兴的样子)。我说我爱他的诗因为它们不仅结构严密像建筑,同时有思想的血脉在流走,像有机的整体。我说了 Organic 这个字;他重复说了两遍:"Yes, organic, yes, Organic. A poem ought to be a living thing." 练习文字顶好学写诗;很多人从学诗写好散文,诗是文字的秘密。

他沉思了一晌。"二十年前有朋友约我到中国去。他是一个教士,我的朋友,叫莫尔德,他在中国住了五十年,他回英国来时每回说话先想起中文再翻英文的!他中国什么都知道,他请我去太不便了,我没有去。但是你们的文字是怎么一回事?难极了不是?为什么你们不丢了它,改用英文或法文,不方便吗?"哈代这话骇住了我。一个最认识各种语言的天才的诗人要我们丢掉几千年的文字!我与他辩难了一晌,幸亏他也没有坚持。

说起我们共同的朋友。他又问起狄更生的近况,说他真是中国的朋友。我说我明天到康华尔去看罗素。谁?罗素?他没有加按语。我问起勃伦腾(Edmund Blunden),他说他从日本有信来,他是一个诗人。讲起麦雷(John M. Murry)他起劲了。"你认识麦雷?"他问。"他就住在这儿道骞斯德海边,他买了一所古怪的小屋子,正靠着海。怪极了的小屋子,什么时候都可以叫海给吞了去似的。他自己每天坐一部破车到镇上来买菜。他是很能干的。他会写。你也见过他从前的太太曼殊斐儿?他又娶了你知道不?我说给你听麦雷的故事。曼殊斐儿死了,他悲伤得很,无聊极了,他办了他的报(我怕他的报维持不了),还是悲伤。好了,有一天有一个女的投稿几首诗,麦雷觉得有意思,写信叫她去看他,她去看他,一个年轻的女子,两人说投机了,就结了婚,现在大概他不悲伤了。"

他问我那晚到哪里去。我说到 Exeter 看教堂去，他说好的，他就讲建筑，他的本行。我问他小说里常有建筑师，有没有你自己的影子？他说没有。这时候梅雪出去了又回来，咻咻地爬在我的身上乱抓。哈代见我有些窘，就站起来呼开梅雪，同时说我们到园里去走走吧，我知道这是送客的意思。我们一起走出门绕到屋子的左侧去看花，梅雪摇着尾巴咻咻地跟着。我说哈代先生，我远道来你可否给我一点小纪念品。他回头见我手里有照相机，他赶紧他的步子急急地说，我不爱照相，有一次美国人来给了我很多的麻烦，我从此不叫来客照相，——我也不给我的笔迹（Autograph），你知道？他脚步更快了，微偻着背，腿微向外弯一摆一摆地走着，仿佛怕来客要强抢他什么东西似的！"到这儿来，这儿有花，我来采两朵花给你做纪念，好不好！"他俯身下去到花坛里去采了一朵红的一朵白的递给我："你暂时插在衣襟上吧，你现在赶六点钟车刚好，恕我不陪你了，再会，再会——来，来，梅雪，梅雪……"老头扬了扬手，径自进门去了。

吝啬的老头，茶也不请客人喝一杯！但谁还不满足，得着了这样难得的机会？往古的达芬奇、莎士比亚、歌德、拜伦，是不回来了的；——哈代！多远多高的一个名字！方才那头秃秃的背弯弯的腿屈屈的，是哈代吗？太奇怪了！那晚有月亮，离开哈代家五个钟头以后，我站在哀克刹脱教堂的门前玩弄自身的影子，心里充满着神奇。

伤双栝老人

看来你的死是无可置疑的了，宗孟先生，虽则你的家人们到今天还没法寻回你的残骸。最初消息来时，我只是不信，那其实是太奇特，太荒唐，太不近情。我曾经几回梦见你生还，叙述你历险的始末，多活现的梦境！但如今在栝树凋尽了青枝的庭院，再不闻"老人"的謦欬；真的没了，四壁的白联仿佛在微风中叹息。这三四十天来，哭你有你的内眷、姊妹、亲戚、悼你的私交；惜你有你的政友与国内无数爱君才调的士夫。志摩是你的一个忘年的小友。我不来敷陈你的事功，不来历叙你的言行；我也不来再加一份涕泪吊你最后的惨变。魂兮归来！此时在一个风满天的深夜握笔，就只两件事闪闪的在我心头：一是你的谐趣天成的风怀,一是髫年失怙的诸弟妹,他们,你在时,哪一息不是你的关切,便如今,料想你彷徨的阴魂也常在他们的身畔飘逗。平时相见,我倾倒你的语妙,往往含笑静听,不叫我的笨涩羼杂你的莹彻,但此后,可恨这生死间无情的阻隔,我再没有那样的清福了!只当你是在我跟前,只当是消磨长夜的闲谈,我此时对你说些琐碎,想来你不至厌烦吧。

先说说你的弟妹。你知道我与小孩子们说得来,每回我到你家去,他们一群四五个,连着眼珠最黑的小五,浪一般的拥上我的身来,牵住我的手,攀住我的头,问这样,问那样;我要走时他们就着了忙,抢帽子的,锁门的,嘎着声音苦求的——你也曾见过我的狼狈。自从你的噩耗到后,可怜的孩子们,从不满四岁到十一岁,哪懂得生死的意义,但看了大人们严肃的神情,他们也都发了呆,一个个木鸡似的在人前愣着。有一天听说他们私下在商量,想组织一队童子军,冲出山海关去替爸爸报仇!

"栝安"那虚报到的一个早上,我正在你家。忽然间一阵天翻似的闹声从外院陡起,一群孩子拥着一位手拿电纸的大声的欢呼着,冲锋似的陷进了上房。果然是大胜利,该得庆祝的:"爹爹没有事!""爹爹好好的!"徽那里平安电马上发了去,省她急。福州电也发了去,省他们跋涉。但这欢喜的风景运定活不到三天,又叫接着来的消息给完全煞尽!

当初送你同去的诸君回来,证实了你的死信。那晚,你的骨肉一个个走进你的卧房,各自默恻恻的坐下,啊,那一阵子最难堪的噤寂,千万种痛心的思潮在各个人的心头,在这沉默的暗惨中,激荡、汹涌、起伏。可怜的孩子们也都泪盈盈的攒聚在一处,相互的偎着,半懂得情景的严重。霎时间,冲破这沉默,发动了放声的号啕,骨肉间至性的悲哀——你听着吗,宗孟先生,那晚有半轮黄月斜觇着北海白塔的凄凉?

我知道你不能忘情这一群童稚的弟妹。前晚我去你家时见小四小五在灵帏前翻着筋斗,正如你在时他们常在你的跟前献技。"你爹呢?"我拉住他们问。"爹死了。"他们嘻嘻的回答,小五搂住了小四,一和身又滚做一堆!他们将来的养育是你身后唯一的问题——说到这里,我不由得想起了你离京前最后几回的谈话。政治生活,你说你不但尝够而且厌烦了。这五十年算是一个结束,明年起你准备谢绝俗缘,亲自教课膝前的子女;这一清心你就可以用功你的书法,你自觉你腕下的精力，老来只是健进，你打算再花二十年工夫，打磨你艺术的天才；文章你本来不弱，但你想望的却不是什么等身的著述，你只求沥一生的心得，淘成三两篇不易衰朽的纯晶。这在你是一种觉悟；早年在国外初识面时，你每每自负你政治的异禀，即在年前避居津地时你还以为前途不少有为的希望，直至最近政态诡变，你才内省厌倦，认真想回复你书生逸士的生涯。我从最初惊讶你清奇的相貌，惊讶你更清奇的谈吐，我便不阿附你从政的热心，曾经有多少次我讽劝你趁早回航，领导这新时期的精神，共同发现文艺的新土。即如前半年泰戈尔来时，你那兴会正不让我们年轻人；你这半百翁登台演戏，不辞劳倦的精神正不知给了我们多少的鼓舞！

不，你不是"老人"；你至少是我们后生中间的一个。在你的精神里，我们看不见苍苍的鬓发，看不见五十年光阴的痕迹；你的依旧是二三十年前《春痕》故事里的"逸"的风情——"万种风情无地着"，是你最得意的名句，谁料这下文竟命定是"辽原白雪葬华颠"！

谁说你不是君房的后身？可惜当时不曾记下你摇曳多姿的吐属，蓓蕾似的满缀着警句与谐趣，在此时回忆，只如天海远处的点点航影，再也认不分明。你常常自称厌世人。果然，这世界，这人情，哪禁得起你锐利的理智的解剖与抉剔？你的锋芒，有人说，是你一生最吃亏的所在。但你厌恶的是虚伪，是矫情，是顽老，是乡愿的面目，那还不是该的？谁有你的豪爽，谁有你的倜傥，谁有你的幽默？你的锋芒，即使露，也绝不是完全在他人身上应用，你何尝放过你自己来？对己一如对人，你丝毫不存姑息，不存隐讳。这就够难能，在这无往不是矫揉的日子。再没有第二人，除了你，能给我这样脆爽的清谈的愉快。再没有第二人在我的前辈中，除了你，能使我感受这样的无"执"无"我"精神。

最可怜是远在海外的徽徽，她，你曾经对我说，是你唯一的知己；你，她也曾对我说，是她唯一的知己。你们这父女不是寻常的父女。"做一个有天才的女儿的父亲，"你曾说，"不是容易享的福，你得放低你天伦的辈分先求做到友谊的了解。"徽，不用说，一生崇拜的就只你，她一生理想的计划中，哪件事离得了聪明不让她自己的老父？但如今，说也可怜，一切都成了梦幻，隔着这万里途程，她那弱小的心灵如何载得起这奇重的哀惨！这终天的缺陷，叫她问谁补去？佑着她吧，你不昧的阴灵，宗孟先生，给她健康，给她幸福，尤其给她艺术的灵术——同时提携她的弟妹，共同增荣雪池双梏的清名！

关于女子

苏州！谁能想象第二个地名有同样清脆的声音，能唤起同样美丽的联想，除是南欧的威尼斯或翡冷翠，那是远在异邦，要不然我们就得追想到六朝时代的金陵广陵或许可以仿佛？当然不是杭州，虽则苏杭是常常连着说到的；杭州即使有几分美秀，不幸都教山水给占了去，更不幸就那一点儿也成了问题：你们不听说雷峰塔已经教什么国术大力士给打个粉碎，西湖的一汪水也教大什么会的电灯给照干了吗？不，不是杭州，说到杭州我们不由的觉得舌尖上有些儿发锈。所以只剩了一个苏州准许我们放胆的说出口，放心的拿上手。比是乐器中的笙箫，有的是袅袅的余韵。比是青青的柏子，有的是沁人心脾的留香。在这里，不比别的地处，人与地是相对无愧的；是交相辉映的；寒山寺的钟声与吴侬的软语一般的令人神往，虎丘的衰草与玄妙观的香烟同样的勾人留恋。

但是苏州——说也惭愧，我这还是第二次到，初次来时只匆匆的过了一宵，带走的只有采芝斋的几罐糖果和一些模糊的影像。就这次来也不得容易。要不是陈淑先生相请的殷勤。——聪明的陈淑先生，她知道一个诗人的软弱，她来信只淡淡的说你再不来时天平山经霜的枫叶都要凋谢了——要不是她的相请的殷勤，我说，我真不知道几时才得偷闲到此地来，虽则我这半年来因为往返沪宁间每星期得经过两次，每星期都得感到可望而不可即的惆怅。为再到苏州来我得感谢她。但陈先生的来信却不单单提到天平山的霜枫，她的下文是我这半月来的忧愁；她要我来说话——到苏州来向女同学们说话！我如何能不忧愁？当然不是愁见诸位同学，我愁的是我现在这相儿，一个人孤零零的站在台上说话！我们这坐惯冷板凳日常说废话的所谓教授们最厌烦的，不瞒诸位说，就是我们自己这无可奈何的职务——说话（我再不敢说讲演，那样粗蠢的字样在苏州地方是说不出口的）。

就说谈话吧，再让一步，说随便谈话吧，我不能想象更使人窘的事情！要你说话，可不指定要你说什么，"随便说些什么都行"，那天陈先生在电话里说。你拿艳丽的朝阳给一只芙蓉或是一只百灵，它就对你说一番极美丽动听的话；即使它说过了你冒失的恭维它说你这"讲演"真不错,它也不会生气,也不会惭愧,但不幸我不是芙蓉更不是百灵。我们乡里有一句俗语说宁愿听苏州人吵架,不愿听杭州人谈话。我的家乡又不幸是在浙江,距离杭州近,离着苏州远的地处。随便说话,随你说什么,果然我依了陈先生扯上我的乡谈,恐怕要不到三分钟你们都得想念你们房间里备着的八卦丹或是别的止头痛的药片了!

但陈先生非得逼我到,逼我献丑,写了信不够,还亲自到上海来邀。我不能不答应来。"但是我去说些什么呢。苏州,又是女同学们?"那天我放下陈先生的电话心头就开始踌躇。不要忙,我自己安慰自己说,在上海不得空闲,到南京去有一个下午可以想一想。那天在车上倒是有福气看到镇江以西,尤其是栖霞山一带的雪叶。虽则那早上是雾茫茫的,但雪总是好东西,它盖住地面的不平和丑陋,它也拓开你心头更清凉的境界。山变了银山,树成了玉树,窗以外是彻骨的凉,彻骨的静,不见一个生物,鸟雀们不知藏躲在哪里,雪花密团团的在半空里转。栖霞那一带的大石狮子,雄踞在草田里张着大口向着天的怪东西,在雪地里更显得白,更显得壮,更见得精神。在那边相近还有一座塔,建筑雕刻,都是第一流的美术,最使人想见六朝的风流,六朝的闲暇。在那时政治上没有统一的野心家,江以南,江以北,各自成家,汉也有,胡也有,各造各的文化。且不说龙门,且不说云冈,就这栖霞的一些遗迹,就这雄踞在草田里的大石狮,已够使我们想见当时生活的从容,气魄的伟大,情绪的俊秀。

我们在现代感到的只是局促与匆忙。我们真是忙,谁都是忙:忙到倦,忙到厌。但忙的是什么?为什么忙?我们的子孙在一千年后,如其我们的民族再活得到一千年,回看我们的时代,他们能不能了解我们的匆忙?我们有什么东西遗留给他们可以使他们骄傲,宝贵,值得他们保存,证见我们的存在,认识我们的价值,可以使他们永久停留他们爱慕的纪念——如同那一只雄踞在草田里的大石狮?我们的诗人文人贡献了些什么伟大的诗篇与文章?我们的建筑与雕刻,且不说别的,有哪样可以留存到一百年乃至十年五年而还值得一看的?我们的画家怎样描写宇宙的神奇?我们哪一个音乐家是在解释我们民族的性灵的奥妙?但这时候我眼望着的江边的雪地已经戏幕似的变形成为北方赤地几千里的灾区,黄沙天与黄土地的中间只有惨淡的风云,不见人烟的村庄以及这里那里枝条上不留一张枯叶的林木。我也望得见几千万已死的将死的未死的人民在不可名状的苦难中为造物主的地面上留下永久的羞耻。在他们迟钝的眼光中，他们分明说他们的心脏即使还在跳动他们已经失去感觉乃至知觉的能力，求生或将死的呼号早已逼死在他们枯竭的咽喉里，他们分明说生活，生命，乃至单纯的生存已经到了绝对的绝境，前途只是沙漠似的浩瀚的虚无与寂灭，期待着他们，引诱着他们，如同春光，如同微笑，如同美。我也望见勾结在连环战祸中的区域与民生，为了谁都不明白的高深的主义或什么的相互的屠杀，我也望见那少数的妖魔，踞坐在跸卫森严的魔窟中计较下一幕的布景与情节，为表现他们的贪，他们的毒，他们的野心，他们的威灵，他们手擎着全体民族的命运当作一掷的孤注。我也望见这时代的烦闷毒气似的在半空里没遮拦的往下盖，被牺牲的是无量数春花似的青年。这憧憬中的种种都指点着一个归宿，一个结局——沙漠似的浩瀚的虚无与寂灭，不分疆界永不见光明的死。

我方才不还在眷恋着文化的消沉吗？文化，文化，这呼声在这可怖的憧憬前，正如灾民苦痛的呼声，早已逼死在枯竭的咽喉里，再也透不出声响。但就这无声的叫喊已经在我的周围引起怪异的回响，像是哭，像是笑，像是鸱枭，像是鬼……

但这声响来源是我座位邻近一位肥胖的旅伴的雄伟的哈欠。在这哈欠声中消失了我重叠的幻梦似的憧憬，我又见到了窗外的雪，听到车轮的响动。下关的车站已经到了。

我能把我这一路的感想拉杂来充当我去苏州的谈话资料吗？我在从下关进城时心里计较。秀丽的苏州，天真的女同学们，能容受这类荒伧，即使不至怪诞的思想吗？她们许因为我是教文学的想从我听一些文学掌故或文学常识。但教书是无可奈何，我最厌烦的是说本行话。他们又许因为我曾经写过一些诗，是在期望一个诗人的谈话，那就得满缀着明月和明星的光彩，透着鲜花与鲜草的馨香，要不然她们竟许期待着雪莱的云雀或是济慈的夜莺。我的倒像是鸱鸮的夜啼，不是太煞尽了风景？这，我又转念，或许是我的过虑，他们等着我去谈话正如他们每月或每星期等着别人去谈话一样，无非想听几句可乐的插科与诙谐，（如其有的话，那算是好的），一篇，长或是短，勉励或训诲的陈腐（那是你们打哈欠乃至瞌睡的机会），或是关于某项专门知识的讲解（那你们先生们示意你们应得掏出铅笔在小本子上记下的），写了几句自己谦让道歉不曾预备得好的话，在这末尾与他鞠躬下台时你们多少间酬报他一些鼓掌,就算完事一宗,但事实上他讲的话,正如讲的人,不能希望(他自己也不希望)在你们的脑筋里留有仅仅隔夜的印象,某人不是到你们这里来讲过的吗,隔几天许有人问。嗄,不错是有的,他讲些什么了?谁知道他讲什么来了,我一句也没有听进去,不是你提起,我忘都忘了我听过他讲哪!

这是一班到处应酬讲演人的下场头。他们事实上也只配得这样的下场头。穷,窘,枯,干,同学们,是现代人们的生活。干,枯,窘,穷,同学们,是现代人们的思想。不要把上年纪的人们,占有名气或地位的人们看太高了,他们的苦衷只有他们自家得知,这年头的荒歉是一般的。

也不知怎的我想起来说些关于女子的杂话。不是女子问题。我不懂得科学,没有方法来解剖"女子"这个不可思议的现象。我也不是一个社会学家,搬弄着一套现成的名词来清理恋爱,改良婚姻或家庭。我也没有一个道学家的权威,来督责女子们去做良妻贤母,或奖励她们去做不良的妻不贤的母。我没有任何解决或解答的能力。我自己所知道的只是我的意识的流动,就那个我也没有支配的力量。就比是隔着雨雾望远山的景物,你只能辨认一个大概。也不知是哪里来的光照亮了我意识的一角,给我一个辨认的机会,我的困难是在想用粗笨的语言来传达原来极微纤的印象,像是想用粗笨的铁针来绣描细致的图案。我今天所要查考的,所以,不是女子,更不是什么女子问题,而是我自己的意识的一个片段。

我说也不知怎的我的思想转上了关于女子的一路。最浅显的缘由,我想,当然是为我到一个女子学校里来说话。但此外也还有别的给我暗示的机会。有一天我在一家书店门首见着某某女士的一本新书的广告,书名是《蠹鱼生活》。这倒是新鲜,我想,这年头有甘心做书虫的女子。三百年来女子中多的是良妻贤母,多的是诗人词人,但出名的书虫不就是一位郝夫人王照圆女士吗?这是一件事,再有是我看到一篇文章,英国一位名小说家做的,她说妇女们想从事著述至少得有两个条件,一是她得有她自己的一间屋子,这她随时有关上或锁上的自由。二是她得有五百一年(那合华银有六千元)的进益。她说的是外国情形,当然和我们的相差得远,但原则还不一样是相通的?你们或许要说外国女人当然比我们强,我们怎好跟她们比;她们的环境要比我们的好多少,她们的自由要比我们的大多少;好,外国女人,先让我们的男人比上了外国的男人再说女人吧!

可是你们先别气馁，你们来听听外国女人的苦处。在 Queen Anne 的时候，不说更早，那就是我们清朝乾隆的时候，有天才的贵族女子们（平民更不必说了）实在忍不住写下了些诗文就许往抽屉里堆着给蛀虫们享受，哪敢拿着作公开给庄严伟大的男子们看，那不让他们笑掉了牙。男人是女人的"反对党"（The Opposite faction），Lady Winchilsea 说。趁早，女人，谁敢卖弄谁活该遭殃，才学哪是你们的分！一个女人拿起笔就像是在做贼，谁受得了男人们的讥笑。别看英国人开通，他们中间多的是写"妇学篇"的章实斋。倒是章先生那板起道学面孔公然反对女人弄笔墨还好受些。他们的蒲伯，他们的 John Gray，他们管爱文学有才情的女人叫做蓝袜子，说她们放着家务不管，"痒痒的就爱乱涂"（Margaret of Newcastle）。另一位才学的女子，也愤愤的说"女人像蝙蝠或猫头鹰似的活着，牲口似的工作，虫子似的死……"且不说男人的态度，女性自己的谦卑也是可以的。Dorothy Osburne 那位清丽的书翰家一写到那位有文才的爵夫人就生气，她说，"那可怜的女人准是有点儿偏心的，她什么傻事不做，倒来写什么书，又况是诗，那不太可笑了，要是我就算我半个月不睡觉我也到不了那个。"奥斯朋自己可没有想到自己的书翰在千百年后还有人当作宝贵的文学作品念着，反比那"有点儿偏心胆敢写书的女人"风头出得更大，更久！

再说近一点，一百年前英国出一位女小说家，她的地位，有一个批评家说，是离着莎士比亚不远的 Jane Austen——她的环境也不见得比你们的强。实际上她更不如我们现代的女子。再说她也没有一间她自己可以开关的屋子，也没有每年多少固定的收入。她从不出门，也见不到什么有学问的人，她是一位在家里养老的姑娘，看到有限几本书，每天就在一间永远不得清静的公共起坐间里装作写信似的起草她的不朽的作品。"女人从没有半个钟头，" Florence Nightingale 说，"女人从没有半个钟头可以说是她们自己的。"再说近一点，白龙德姊妹们，也何尝有什么安逸的生活。在乡间，在一个牧师家里，她们生，她们长，她们死。她们至多站在露台上望望野景，在雾茫茫的天边幻想大千世界的形形色色，幻想她们无颜色无波浪的生活中所不能的经验。要不是它们卓绝的天才，蓬勃的热情与超越的想象，逼着她们不得不写，她们也无非是三个平常的乡间女子，郁死在无欢的家里，有谁想得到她们——光明的十九世纪于她们有什么相干，她们得到了些什么好处？

说起来还是我们的情形比他们的见强哪。清朝的大文人王渔洋，袁子才，毕秋帆，陈碧城都是提倡妇女文学最大的功臣。要不是他们几位间接与直接的女弟子的贡献，清朝一代的妇女文学还有什么可述的？要不是他们那时对于女子做诗文做学问的铺张扬厉，我们那位文史通义先生也不至于破口大骂自失身份到这样可笑的地步。他在妇学里面说——

> 近有无耻文人，以风流自命，蛊惑士女，大率以优伶杂剧所演才子佳人惑人，大江以南，名门大家闺阁多为所诱，征诗刻稿标榜声名，无复男女之嫌，殆忘其身之雌矣。此等闺娃，妇学不修，岂有真才可取，而为邪人播弄，浸成风俗，人心世道大可忧也。

章先生要是活到今天看见女子上学堂，甚至和男子同学，上衙门公司店铺工作和男子同事，进这个那个的党和男子同志，还不把他老人家活活的给气瘪了！

所以你们得记得就在英国，女权最发达的一个民族，女子的解放，不论哪一方面，都还是近时的事情。女子教育算不上一百年的历史。女子的财产权是五十年来才有法律保障的。女子的政治权还不到十年。但这百年来女性方面的努力与成绩不能不说是惊人的。在百年以前的人类的文化可说完全是男性的成绩，女性即使有贡献是极有限的或至多是间接的，女子中当然也不少奇才异能，历史上不少出名的女子，尤其是文艺方面。希腊的沙浮至今还是个奇迹。中世纪的Hypatia, Heloise是无可比的。英国的伊丽莎白，唐朝的武则天，她们的雄才大略，哪一个男子敢不低头？十八世纪法国的沙龙夫人们是多少天才和名著的保姆。在中国，我们只要记起曹大家的汉书，苏若兰的回文，徐淑、蔡文姬、左九嫔的辞藻，武曌的升仙太子碑，李若兰、鱼玄机的诗，李清照、朱淑真的词，明文氏的九骚——哪一个不是照耀百世的奇才异禀。

这固然是，但就人类更宽更大的活动方面看，女性有什么可以自傲的？有女莎士比亚女司马迁吗？有女牛顿女培根吗？有女柏拉图女但丁吗？就说到狭义的文艺，女性的成绩比到男性的还不是培蝼比到泰山吗？你怪得男性傲慢，女性气馁吗？

在英国乃至在全欧洲，奥斯丁以前可以说女性没有一个成家的作者。从伊丽莎白到法国革命查考得到的女子作品只是小诗与故事。就中国论，清朝一代相近三百年间的女作家，按新近钱单夫人的《清闺秀艺文略》看，可查考的有二千三百十二人之多，但这数目，按胡适之先生的统计，只有百分之一的作品是关于学问，例如考据历史算学医术，就那也说不上有什么重要的贡献，此外百分之九十九都是诗词一类的文学，而且妙的地方是这些诗集诗卷的题名，除了风花雪月一类的风雅，都是带着虚心道歉的意味，仿佛她们都不敢自信女子有公然著作成书的特权似的，都得声明这是她们正业以外的闲情本算不上什么似的，因之不是绣余，就是爨余，不是红余，就是针余，不是脂余梭余，就是织余绮余（陈圆圆的职业特别些，她的词集叫《舞余词》），要不然，就是焚余烬余未焚未烧未定一类的通套，再不然就是断肠泪稿一流的悲苦字样（除了秋瑾的口气那是不同些）。情形是如此，你怪得男性的自美，女性的气短吗？

但这文化史上女性远不如男性的情形自有种种的解释。自然的趋势，男性当然不能借此来证明女子的能力根本不如男子，女性也不能完全推托到男性有意的压迫。谁要奇怪女性的迟缓，要问何以女权论要等到玛丽乌尔夫顿克辣夫德方有具体的陈词，只需记得人权论本身也要到相差不远的日子才出世。人的思想的能力是奇怪的，有时他连蹿带跳的在短时期内发现了很多，例如希腊黄金时代与近一百五十年来的欧洲，有时睡梦迷糊的在长时期一无新鲜，例如欧洲的中世纪或中国的明代。它不动的时候就像是冬天，一切都是静定的无生气的，就像是生命再不会回来，但它一动的时候那就比是春雷的一震，转眼间就是蓬勃绚烂的春时。在欧洲从亚里士多德直到卢梭乃至淑本华，没有一个思想家不承认男女的不平等是当然的，绝对不值得并且也无从研究的；即使偶有几个天才不容自掩的女子，在中国我们叫作才女，那还是客气的，如同叫长花毛的鸭作锦鸡，在欧洲百年前叫作蓝袜子，那就不免有嘲笑的意思。但自从约翰弥勒纯正通达论妇女论的大文出世以来，在理论上所有女性不如男性或是女性不能和男性享受平等机会以及共同负责文化社会的生存与进步的种种谬见偏见与迷信都一齐从此失去了根据，在事实上在这百年来女性自强的努力也已经显明的证明女性只要有同等的机会不论在哪样事情上都不能比男性不如；人类的前途展开了一个伟大的新的希望，就是此后文化的发展是两性共同的企业，不再是以前似的单性的活动。在这百年来虽则在别的方面人类依然不免继续他们的谬误，愚蠢，固执，迷信，但这百余年是可纪念的，因为这至少是一个女性开始光荣的世纪。在政治上，在社会上，在法律与道德上，在理论方面至少，女性已经争得与男性完全平等的地位。在事实上，女子的职业一天增多一天，我们现在不易想象一种职业男性可以胜任而女性不能的——也许除了实际的上战场去打仗，但这项职业我们都希望将来有完全淘汰的一天，我们绝不希望温柔的女性在任何情形下转变成善斗杀的凶恶。文学与艺术不用说，女子是早就占有地位的，但近百年来的扩大也是够惊人的。诗人就说白朗宁夫人罗刹蒂小姐梅耐儿夫人三个名字已经是够辉煌的。小说更不用说，英美的出版界已有女作家超过男作家的趋势，在品质方面一如数量。J·A.George Eliot, George Sand, Bronte Sisters, 近时如曼殊斐儿，薇金娜伍尔夫等等都是卓然成家为文学史上增加光彩的作者。演剧方面如沙拉贝娜 Duse, EllenTerry 都是人类永久不可磨灭的记忆。论跳舞，女子的贡献更分明的超过男子，我们不能想象一个男性的 Isadora Duncan。音乐，画，雕刻，女子的出人头地的也在天天的加多。科学与哲学，向来是男性的专业，但跟着教育的发展，女子的贡献也在日渐的继长增高。你们只需记起 Madame Curie 就可以无愧。讲到学问，现在有哪一门女子提不起来的。

但这情形，就按最先进几国说，至多也不过一百年来的事，然而成绩已有如此的可观。再过了两千年，我想，男子多半再不敢对女子表示性的傲慢。将来的女子自会有她们的莎士比亚，培根，亚里士多德，罗素，正如她们在帝王中有过伊丽莎白，武则天，在诗人中有过白朗宁，罗刹帝，在小说家中有过奥斯丁与白龙德姊妹。我们虽则不敢预言女性竟可以有完全超越男性的一天，但我们很可以放心的相信此后女性对文化的贡献比现在总可以超过无量倍数，到男子要担心到他的权威有摇动的危险的一天。

但这当然是说得很远的话。按目前情形，尤其是中国的，我们一方面固然感到女子在学问事业日渐进步的兴奋与快慰，但同时我们也深刻的感觉到种种阻碍的势力还是很活动的在着。我们在东方几乎事事是落后的，尤其是女子，因为历史长，所以习惯深，习惯深所以解放更觉费力。不说别的，中国女子先就忍就了几千年身体方面绝无理性可说的束缚，所以人家的解放是从思想作起点，我们先得从身体解放起。我们的脚还是昨天放开的，我们的胸还是正在开放中。事实上固然这一代的青年已经不至感受身体方面的束缚，但不幸长时期的压迫或束缚是要影响到血液与神经的组织的本体的。即如说脚，你们现有的固然是极秀美的天足，但你们的血液与纤维中难免还留有几十代缠足的鬼影。又如你们的胸部虽已在解放中，但我知道有的年轻姑娘们还不免感到这解放是一种可羞的不便。所以单说身体，恐怕也得至少到你们的再下去三四代才能完全实现解放，恢复自然生

长的愉快与美。身体方面已然如此,别的更不用说了。再说一个女子当然还不免做妻做母,单就生产一件事说,男性就可以无忌惮的对女性说:"这你总逃不了,总不能叫我来替代你吧!"事实上的确有无数本来在学问或事业上已经走上路的女子,为了做妻做母的不可避免临了只能自愿或不自愿的牺牲光荣的成就的希望。这层的阻碍说要能完全去除当然是不可能,但按现今种种的发明与社会组织与制度逐渐趋向合理的情形看,我们很可以设想这天然阻碍的不方便性消解到最低限度的一天。有了节育的方法,比如说,你就不必有生育,除了你自愿,如此一个女子很容易在她几十年的生活中匀出几个短期间来尽她对人类的责任。还有将来家庭的组织也一定与现在的不同,趋势是在去除种种不必要精力的消耗(如同美国就有新法的合作家庭,女子管家的担负不定比男子的重,彼此一样可以进行各人的事业)。所以问题倒不在这方面。成问题的是女子心理上母性的牢不可破,那与男子的父性是相差得太远了。我来举一个例。近代最有名的跳舞家 Isadora Duncan 在她的自传里说她初次生产时的心理,我觉得她说得非常的真。在初怀孕时她觉得处处的不方便,她本是把她的艺术——舞——看得比她的生命都更重要的,她觉得这生产的牺牲是太无谓了。尤其是在生产时感到极度的痛苦时(她的是难产),她是恨极了上帝叫女人担负这惨毒的义务;她差一点死了。但等到她的孩子一下地,等到看护把一个稀小的喷香的小东西偎到她身旁去吃奶时,她的快乐,她的感激,她的兴奋,她的母爱的激发,她说,简直是不可名状。在那时间她觉得生命的神奇与意义——这无上的创造——是绝对盖倒一切的,这一相比她原来看作比生命更重要的艺术顿时显得又小又浅,几乎是无所谓的了。在那时间把性的意识完全盖没了后天的艺术家的意识。上帝得了胜了!这,我说,才真是成问题,倒不在事实上三两个月的身体的不便。这根蒂深而力道强的母性当然是人生的神秘与美的一个重要成分,但它多少总不免阻碍女子个人事业的进展。

  所以按理论说男女的机会是实在不易说成完全平等的,天生不是一个样子,你有什么办法?但我们也只能说到此,因为在一个女子,母性的人格,母性的实现,按理是不应得与她个人的人格,个性的实现相冲突的。除了在不合理的或迷信打底的社会组织里,一个女子做了妻母再不能兼顾别的,她尽可以同时兼顾两种以上的资格,正如一个男子的父性并不妨害他的个性。就说 Duncan,她不能不说是一个母性特强(因为情感富强)的一个女子,但她事实上并不曾为恋爱与生育而至放弃她的艺术的追求。她一样完成了她的艺术。此外做女子的不方便当然比男子的多，但那些都是比较不重要的。

我们国内的新女子是在一天天可辨认的长成，从数千年来有形与无形的束缚与压迫中渐次透出性灵与身体的美与力，像一支在箨裹中透露着的新笋。有形的阻碍，虽则多，虽则强有力，还是比较容易克除的，无形的阻碍，心理上，意识与潜意识的阻碍，倒反需要更长时间与努力方有解脱的可能。分析的说，现社会的种种都还是不适宜于我们新女子的长成的。我再说一个例，比如演戏，你认识戏的重要，知道它的力量，你也知道你有舞台表演的天赋。那为你自己，为社会，你就得上舞台演戏去不是？这时候你就逢到了阻力。积极的或许你家庭的守旧与固执，消极的或许你觅不到相当的同志与机会。这些就算都让你过去，你现在到了另一个难关。有一个戏非你充不可，比如说，那碰巧是个坏人，那是说按人事上习惯的评判，在表现艺术上是没有这种区分的，艺术须要你做，但你开始踌躇了。说一个实例，新近南国社演的沙乐美，那不是一个贞女，也不是一个节妇。有一位俞女士，她是名门世家的一位小姐，去担任主角。她只知道她当前表现的责任。事实上她居然排除了不少的阻难而登台演那戏了。有一晚她正演到要热慕的叫着"约翰我要亲你的嘴"，她瞥见她的母亲坐在池子里前排瞪着怒眼望着她，她顿时萎了，原来有热有力的音声与诗句几于嗫嚅的勉强说过了算完事。她觉得她再也鼓不起她为艺术的一往的勇气，在她母亲怒目的一视中，艺术家的她又萎成了名门世家事事依傍着爱母的小姐——艺术失败了！习惯胜利了！

所以我说这类无形的阻碍力量有时更比有形的大。方才说的无非是现成的一个例。在今日一个女子向前走一个步都得有极大的决心和用力，要不然你非但不上前，你难说还向后退——根性，习惯，环境的势力，种种都牵制着你，阻拦着你。但你们各个人的成或败于未来完全性的新女子的实现都有关联。你多用一分力，多打破一个阻碍，你就多帮助一分，多便利一分新女子的产生。简单说，新女子与旧女子的不同是一个程度，不定是种类的不同。要做一个新女子，做一个艺术家或事业家，要充分发展你的天赋，实现你的个性，你并没有必要不做你父母的好女儿，你丈夫的好妻子，或是你儿女的好母亲——这并不一定相冲突的（我说不一定因为在这发轫时期难免有各种牺牲的必要，那全在你自己判清了利弊来下决断）。分别是在旧观念是要求你做一个扁人，纸剪似的没有厚度没有血脉流通的活性，新观念是要你做一个真的活人，有血有气有肌肉有生命有完全性的！这完全性要紧——的一个个人。这分别是够大的，虽则话听来不出奇。旧观念叫你准备做妻做母,新观念并不是不叫你准备做妻做母,但在此外先要你准备做人,做你自己。从这个观点出发,别的事情当然都换了透视。我看古代留传下来的女作家有一个有趣味的现象。她们多半会写诗,这是说拿她们的心思写成可诵的文句。按传说,至少一个女子的文才多半是有一种防身作用,比如现在上海有钱人穿的铁马甲,从周南的蔡人妻作的芣苢三章,召南申人女行露三章,卫共姜柏舟诗,陈风墓门,陶婴黄鹄歌,宋韩凭妻南山有乌句,乃至罗敷女陌上桑都是全凭编了几句诗歌而得幸免男性的侵凌的。还有卓文君写了白头吟司马相如即不娶姨太太,苏若兰制了回文诗,扶风窦滔也就送掉他的宠妾。唐朝有几个宫妃在红叶上题了诗从御沟里放流出外因而得到夫的(一入深宫里,无由得见春。题诗花叶上,寄予接流人。)此外更有多少女子作品不是慕就是怨。如是看来文学之于古代妇女多少都是于她们婚姻问题发生密切关系的。这本来是,有人或许说,就现在女子念书的还不是都为写情书的准备,许多人家把女孩送进学校的意思还不无非是为了抬高她在婚姻市场上的卖价?这类情形当然应得书篇似的翻阅过去,如其我们盼望新女子及早可以出世。

  这态度与目标的转变是重要的。旧女子的弄文墨多少是一种不必要的装饰,新女子的求学问应分是一种发现个性必要的过程。旧女子的写诗词多少是抒写她们私人遭际与偶尔的情感;新女子的志向应分是与男子共同继承并且继续生产人类全部的文化产业。旧女子的事业是承认女子无才便是德的大条件而后红着脸做的事情,因而绣余炊余一流的道歉;新女子的志愿是要为报复那一句促狭的造孽格言而努力给男性一个不容否认的反证。旧女子有才学的,理想是李易安的早年的生涯——当然不一定指她的"被翻红浪起来慵自梳头"一类的艳思——嫁一个风流跌宕一如赵明诚公子的夫婿(赖有闺房如学舍,一编横放两人看),过一些风流而兼风雅的日子;新女子——我们当然不能不许她私下期望一个风流的有情郎(易求无价宝,难得有情郎),但我们却同时期望她虽则身体与心肠的温柔都给了她的郎,她的天才她的能力却得贡献给社会与人类。

家　德

  家德住我们家已有十多年了。他初来的时候嘴上光光的还算是个壮夫,头上不见一茎白毛，挑着重担到车站去不觉得乏。逢着什么吃重的工作他总是说"我来！"他实在是来得的。现在可不同了。谁问他："家德，你怎么了，头发都白了？"他就回答："人总要老的，我今年五十八，头发不白几时白？"他不但发白，他上唇疏朗朗的两披八字胡也见花了。

他算是我们家的"做生活"，但他，据我娘说，除了吃饭住，却不拿工钱。不是我们家不给他，是他自己不要。打头儿就不要。"我就要吃饭住。"他说，我记得有一两回我因为他替我挑行李上车站给他钱，他就瞪大了眼说，"给我钱做什么？"我以为他嫌少，拿几毛换一块圆钱再给他，可是他还是"给我钱做什么？"更高声的抗议。你再说也是白费，因为他有他的理性。吃谁家的饭就该为谁家做事，给我钱做什么？

但他并不是主义的不收钱。镇上别人家有丧事喜事来叫他去帮忙的做完了有赏封什么给他，他受。"我今天又'摸了'钱了。"他一回家就欣欣的报告他的伙伴。他有的一种能耐，几乎是专门的，那叫作"赞神歌"。谁家许了愿请神，就非得他去使开了他那不是不圆润的粗嗓子唱一种有节奏有顿挫的诗句赞美各种神道。奎星、纯阳祖师、关帝、梨山老母，都得他来赞美。小孩儿时候我们最爱看请神，一来热闹，厅上摆得花绿绿点得亮亮的，二来可以借口到深夜不回房去睡，三来可以听家德的神歌。乐器停了他唱，唱完乐又作。他唱什么听不清，分得清的只"浪溜圆"三个字，因为他几乎每开口必有浪溜圆。他那唱的音调就像是在厅的顶梁上绕着，又像是暖天细雨似的在你身上匀匀的洒，反正听着心里就觉得舒服，心一舒服小眼就闭上，这样极容易在妈或是阿妈的身上靠着甜甜的睡了。到明天在床里醒过来时耳边还绕着家德那圆圆的甜甜的浪溜圆。家德唱了神歌想来一定到手钱，这他也不辞，但他更看重的是他应分到手的一块祭肉。肉太肥或太瘦都不能使他满意："肉总得像一块肉。"他说。

"家德，唱一点神歌听听。"我们在家时常常央着他唱，但他总是板着脸回说："神歌是唱给神听的。"虽则他有时心里一高兴或是低着头做什么手工他口里往往低声在那里浪溜他的圆。听说他近几年来不唱了。他推说忘了，但他实在以为自己嗓子干了，唱起来不能原先那样圆转如意所以决意不再去神前献丑了。

他在我家实在也做不少的事。每天天一亮他就从他的破烂被窝里爬起身。一重重的门是归他开的，晚上也是他关的时候多。有时老妈子不凑手他是帮着煮粥烧饭。挑行李是他的事，送礼是他的事，劈柴是他的事。最近因为父亲常自己烧檀香，他就少劈柴，多劈檀香。我时常见跨坐在一条长凳上戴着一副白铜边老花眼镜伛着背细细的劈。"你的镜子多少钱买的，家德？""两只角子。"他头也不抬的说。

我们家后面那个"花园"也是他管的。蔬菜，各样的，是他种的。每天浇，摘去焦枯叶子，厨房要用时采，都是他的事。花也是他种的，有月季，有山茶，有玫瑰，有红梅与蜡梅，有美人蕉，有桃，有李，有不开花的兰，有葵花，有蟹爪菊，有可以染指甲的凤仙，有比鸡冠大到好几倍的鸡冠。关于每一种花他都有不少话讲：花的脾，花的胃，花的颜色，花的这样那样。梅花有单瓣双瓣，兰有荤心素心，山茶有家有野，这些简单，但在小孩儿时听来有趣的知识，都是他教给我们的。他是博学得可佩服。他不仅能看书能写，还能讲书，讲得比学堂里先生上课时讲的有趣味得多。我们最喜欢他讲《岳传》里的岳老爷。岳老爷出世，岳老爷归天，东窗事发，莫须有三字构成冤狱，岳雷上坟，朱仙镇八大锤——唷，那热闹就不用提了。他讲得我们笑，他讲得我们哭，他讲得我们着急，但他再不能讲得使我们瞌睡，那是学堂里所有的先生们比他强的地方。

也不知是谁给他传的，我们都相信家德曾经在乡村里教过书。也许是实有的事，像他那样的学问在乡里还不是数一数二的。可是他自己不认。我新近又问他，他还是不认。我问他当初念些什么书。他回一句话使我吃惊。他说我念的书是你们念不到的。那更得请教，长长见识也好。他不说念书，他说读书。他当初读的是百家姓，千字文，神童诗，——还有呢？还有酒书。什么？"酒书。"他说，什么叫酒书？酒书你不知道，他仰头笑着说，酒书是教人吃酒的书。真的有这样一部书吗？他不骗人，但教师他可从不曾做过。他现在口授人念经。他会念不少的经，从《心经》到《金刚经》全部，背得溜熟的。

他学念佛念经是新近的事。早三年他病了，发寒热。他一天对人说怕好不了，身子像是在大海里浮着，脑袋也发散得没有个边，他说。他死一点也不愁，不说怕。家里就有一个老娘，他不放心，此外妻子他都不在意。一个人总要死的，他说。他果然昏晕了一阵子，他床前站着三四个他的伙伴。他苏醒时自己说，"就可惜这一生一世没有念过佛，吃过斋，想来只可等待来世的了。"说完这话他又闭上了眼仿佛是隐隐念着佛。事后他自以为这一句话救了他的命，因为他竟然又好起了。从此起他就吃上了净素。开始念经，现在他早晚都得做他的功课。

我不说他到我们家有十几年了吗，原先他在一个小学校里做当差。我做学生的时候他已经在。他的一个同事我也记得，叫矮子小二，矮得出奇，而且天生是一个小二的嘴脸。家德是校长先生用他进去的。他初起工钱每月八百文，后来每年按加二百文，一直加到二千文的正薪，那不算少。矮子小二想来没有读过什么酒书，但他可爱喝一杯两杯的，不比家德读了酒书倒反而不喝。小二喝醉了回校不发脾气就倒上床，他的一份事就得家德兼做。后来矮子小二因为偷了学校的用品到外边去换钱使发觉了被斥退。家德不久也离开学校，但他是为另一种理由。他的是自动辞职，因为用他进去的校长不做校长了，所以他也不愿再做下去。有一天他托一个乡绅到我们家来说要到我们家住，也不说别的话。从那时起家德就长住我们家了。

他自己乡里有家。有一个娘，有一个妻，有三个儿子，好的两个死了，剩下一个是不好的。他对妻的感情，按我妈对我说，是极坏。但早先他过一时还得回家去，不是为妻，是为娘。也为娘他不能不对他妻多少耐着性子。但是谢谢天，现在他不用再耐，因为他娘已经死了。他再也不回家去，积了一些钱也不再往家寄。妻不成材，儿子也没有淘成，他养家已有三十多年，儿子也近三十，该得担当家，他现在不管也没有什么亏心的了。他恨他妻多半是为她不孝顺他的娘，这最使他痛心。他妻有时到镇上来看他问他要钱，他一见她的影子都觉得头痛，她一到他就跑，她说话他做哑巴，她闹他到庭心里去伏在地下劈柴。有一回他接他娘出来看迎灯，让她睡他自己的床，盖他自己的棉被，他自己在灶边铺些稻柴不脱衣服睡。下一天他妻也赶来了，从厨房的门缝里张见他开着笑口用筷捡一块肥肉给他脱尽了牙翘着个下巴的老娘吃。她就在门外大声哭闹。他过去拿门给堵上了，捡更肥的肉给娘，更高声的说他的笑话，逗他娘和厨下别人的乐。晚上他妻上楼见他娘睡家德自己的床，盖他自己的被，回下来又和他哭闹——他从后门往外跑了。

他一见他娘就开口笑说话没有一句不逗人乐。他娘见他乐也乐，翘着一个干瘪下巴眯着一双皱皮眼不住的笑，厨房里顿时添了无穷的生趣。晚上在门口看灯，家德忙着招呼他娘，端着一条长凳或是一只方板凳，半抱着她站上去，连声的问看得见了不，自己躲在后背双手扶着她防她闪，看完了灯他拿一只碗到巷口去买一大碗肉面汤一两烧酒给他娘吃，吃完了送她上楼睡去。"又要你用钱，家德。"

他娘说。"喔，这算什么，我有的是钱！"家德就对他妈背他最近的进益，黄家的丧事到手三百六，李家的喜事到手五角小洋，还有这样那样的，尽他娘用都用不完，这一点点算什么的！

　　家德的娘来了，是一件大新闻。家德自己起劲不必说，我们上下一家子都觉得高兴。谁都爱看家德跟他娘在一起的神情，谁都爱听他母子俩甜甜的谈话。又有趣，又使人感动。那位乡下老太太，穿紫绵绸衫梳元宝髻的，看着她那头发已经斑白的儿子心里不知有多么得意。就算家德做了皇帝，她也不能更开心。"家德！"她时常尖声的叫，但等得家德赶忙回过头问"娘，要啥？"，她又就只眯着一双皱皮眼甜甜的笑，再没有话说。她也许是忘了她想着要说的话，也许她就爱那么叫她儿子一声，这来屋子里人就笑家德也笑，她也笑，家德在她娘的跟前，拖着早过半百的年岁，身体活灵得像一只小松鼠，忙着为她张罗这样那样的，口齿伶俐得像一只小八哥，娘长娘短的叫个不住。如果家德是个皇帝，世界上绝没有第二个皇太后有他娘那样的好福气。这是家德的伙伴们的思想。看看家德跟他娘，我妈比方一句有诗意的话，就比是到山楼上去看太阳——满眼都是亮。看看家德跟他娘，一个老妈子说，我总是出眼泪，我从来不知道做人会得这样的有意思。家德的娘一定是几世前修得来的。有一回家德脚上发流火，走路一颠一颠的不方便，但一走到他娘的跟前，他立即忍了痛僵直了身子放着腿走路，就像没有病一样。"家德你今年胡须也白了。"他娘说。"人老的好，须白的好：娘你是越老越清，我是胡须越白越健。"他这一插科他娘就忘了年岁忘了愁。

　　他娘已在两年前死了。寿衣，有绸有缎的，都是家德早在镇上替她预备好了的。老太太进棺材还带了一支重足八钱的金押发去，这当然也是家德孝敬的。他自从娘死过，再也不回家，他妻出来他也永不理睬她。他现在吃素，念经，每天每晚都念——也是念给他娘的。他一辈子难得花一个闲钱，就有一次因为妻儿的不贤良叫他太伤心了，他一气就"看开"了。他竟然连着有三五天上茶店，另买烧饼当点心吃，一共花了足足有五百钱光景，此外再没有荒唐过。前几天他上楼去见我妈，手筒着手，兴匆匆地说："太太，我要到乡下去一趟。""好的，"我妈说，"你有两年多不回去了。""我积下了一百多块钱，我要去看一块地葬我娘去。"他说。